united p.c.

Für den Inhalt und die Korrektur zeichnet der Autor verantwortlich.

Gedruckt in der Europäischen Union auf umweltfreundlichem, chlor- und säurefrei gebleichtem Papier.

www.united-pc.eu

Johanna Gimpel

Der Blick ins Licht

Ich möchte dieses Buch meinen Großeltern widmen.

Titelbildgestaltung von Hannah Zinke

Niemand weiß, was kommen wird?

Ich hörte ein dumpfes Klicken, dann ein Atmen, ein kratziges, ein rauchiges, schweres Atmen. Ich vermutete, dass das kratzige Atmen einem älteren Mann gehörte. Eine Gestalt schlich sich vor das Schwarze meiner geschlossenen Augen. Erst konnte ich nur die Umrisse erkennen, dann immer deutlicher einen Mann mit Vollbart, aus dem an manchen Stellen ein paar graue Haare heraus spitzten. Seine Augen standen dicht zusammen, sein ganzer Körper strotzte nur so vor Muskeln, sein Gesicht schmückte kein Lächeln, seine schulterlangen Haare waren sorgfältig gekämmt und mit Haarspray eingesprüht. Seine Existenz war nur in meinem Kopf, in meinen Gedanken.

Kenn` ich ihn? Hab` ich ihn schon einmal gesehen? Schon einmal mit ihm gesprochen? Ist er nett? Und wo bin ich hier?

Ich wusste nichts. Weder über mich, noch etwas über den alten Mann. Ich fragte mich, wo ich zuletzt gewesen war, doch ich konnte mich nicht daran erinnern. Ich konnte mich an nichts erinnern. An keine Bilder, an keine Erlebnisse. Ich konnte mich nicht einmal mehr an mich selbst erinnern.

Wie sehe ich eigentlich aus? Was mache ich gerne, wofür interessiere ich mich?

In meinem Kopf war alles dunkel. Als hätte ich noch nie etwas gesehen. Alles, was ich vor meinem inneren Auge sah, war grau, wie hinter einer Regenwolke verschleiert. Eine der vielen Regenwolken schwebte allmählich über die Beine des schwer mit Muskeln bepackten, älteren Mannes. Die Regenwolke zog nach oben über seinen Körper hinweg, bis ich ihn nicht mehr richtig erkennen konnte und er wie alles andere in den Hintergrund rückte.

Ich öffnete unsicher meine Augen. Es fiel mir schwer, sie offen zu halten. Ich fühlte mich müde, kaputt, kraftlos, schlapp und leer. Ich wusste nicht, welches Gefühl am stärksten war. Ich versuchte, die Leere in mir etwas besser zu verstehen.

Es fühlte sich so an, als hätte ich nie richtig gelebt, als hätte ich nie etwas erlebt, als hätte es mich nie gegeben.

Gibt es mich überhaupt? Gab es mich schon einmal? Passiert das jedem Menschen? Oder nur mir? Ist das normal? Bin ich normal?

Es war, als würde ich nicht existieren, als wäre meine Existenz sinnlos. Als würde nur ich wissen, dass ich in diesem Moment hier liege. Allein. Hilflos. Unwissend. Ohne irgendetwas, an dem ich mich festhalten konnte, das mir Sicherheit gegeben hätte.

Mein Herz fühlte sich winzig und allein gelassen an. Es war, als ob ich keine Gefühle hätte und doch so viele, die allesamt nicht greifbar waren. Sie schwirrten um mich herum, in mich hinein und brachten mich völlig durcheinander.

Ich konnte die Antworten auf meine Fragen nicht finden. Eine Träne rann mir über meine rechte Wange, doch ich wischte sie sofort wieder weg. Meine Augenlider fühlten sich schwer an. Ich hatte erwartet, dass, wenn ich meine Augen öffnen würde, jemand vor mir stünde. Doch dem war nicht so. Denn statt eines älteren Mannes sah ich über mir eine dunkle, graue Decke, die aus Stein bestand, von der etwas abzubröckeln schien. Alter

Stein. Kalter Stein.

Ich drehte meine Hände zögernd um und berührte vorsichtig den Untergrund, auf dem ich lag. Er fühlte sich sandig und kühl an. Die Sandkörner, die ich berührte, kribbelten an meinen Fingerspitzen. Ich bewegte vorsichtig meine linke Hand von meinem Körper weg. Ich hob sie etwas an und das Kribbeln wandelte sich in ein Kitzeln um. Es wanderte meinen Arm hoch und breitete sich in mir aus. Ich verfolgte das leichte Kitzeln, bis es an meinem Herzen angekommen war. Dann fühlte ich mich bereit mich aufzurichten. Ich blickte unsicher in alle Richtungen. Ich war die einzige in diesem kleinen, wie ich bemerkte, türlosen Raum. An allen vier Seiten sah ich alte Steinwände. Mein Blick fiel etwas weiter nach oben auf ein winziges, vergittertes Fenster, durch das ein kleiner Lichtstrahl kam. Jetzt stand ich ganz auf und bewegte mich auf den Lichtschein zu, den das Fenster auf eine handgroße Fläche auf dem Boden hinterließ. Dieser Strahl war das Einzige, was dem kahlen, dunklen Raum etwas Helligkeit verschaffte, ihm etwas Leben verlieh.

Als ich dort angekommen war, setzte ich mich auf diese Fläche. Und all die Kälte, all die Angst, die ich zuvor verspürt hatte, verschwand. Es war, als ob die Wärme der Strahlen alles Schlechte austrocknete, bis das Licht heller schien als die Dunkelheit in mir, als die Gedanken, die Gefühle, die in mir entstanden und herangewachsen waren, bis sie mich vollends in Besitz genommen hatten und mich mit sich in die Tiefe zogen. Sie machten mich zu einem schlechten Menschen. Zu einem Menschen, der ich nicht sein mochte. Doch die Wärme des Lichts brachte etwas Helles in mein Herz. Der Lichtschein gab mir Kraft, Geborgenheit und Sicherheit. Als ich bei ihm angekommen war, fühlte ich mich zu Hause, irgendwie verstanden.

Mein Blick fiel auf meine nackten und dreckigen Füße, dann weiter hoch auf meine Beine, die zum Teil von einem riesigen T-Shirt bedeckt waren. Ich vermutete, dass das Shirt einmal weiß gewesen war und blickte ein Stück weiter an mir nach oben. Meine Arme waren so dünn wie Stöcke und ebenfalls mit einer Schmutzschicht bedeckt. Hätte ich mit meinen knochigen Fingern an meine Arme gelangt, hätte ich nur beschmutzte Haut und

Knochen in der Hand gehabt. Und wenn ich mich bewegte, bewegte ich mich staksig von einem Fuß auf den anderen. Meine ausgezehrten Beine konnten mich kaum halten und ich drohte, bei jedem weiteren Schritt, den ich machte, umzukippen. Meine Fußsohlen fühlten sich wund und aufgerissen an. Ich trat so vorsichtig auf, wie es mir nur möglich war, um meine Fußsohlen zu schonen. Es gab Steine, die spitzere und schärfere Kanten hatten als die anderen. Diese bohrten sich von unten in meine Füße hinein, bis ich den Fuß erneut anhob, nur um zu hoffen, dass es beim nächsten Absetzen nicht ganz so schmerzhaft sein würde. Als ich jetzt da saß, berührte ich mit allergrößter Vorsicht meine wunden Fußsohlen. Sehr behutsam strich ich mit meinen Fingern in einem sorgsamen Abstand darüber. Meine Fingerspitzen ließen immer ein paar Millimeter Luft, doch manchmal berührte ich sie auch. In diesen Momenten zuckte mein ganzer Körper zusammen, meine Finger entfernten sich wieder, ich ließ mich in die Starre des Schmerzschocks gleiten, verharrte darin, nur um nach ein paar Sekunden meine Finger sich wieder annähern und darüber streichen zu lassen. Selbst wenn ich einfach nur da saß, wenn ich meine Fußsohlen nicht in Berührung mit dem Boden brachte, spürte ich die kleinen Steine, die sich in mein Fleisch gebohrt hatten. Manchmal befanden sich noch winzige Steine in meiner Haut, die ich dann unter Schmerzen mit meinen Fingernägeln herauspulte. Nach jedem entfernten Steinchen schloss ich meine Augen, um mich, meinen Körper, insbesondere meine Füße für ein paar Momente zu beruhigen, mich auszuruhen, um einfach nur zu atmen. Mehr nicht. Ich blickte weiter auf meine schulterlangen Haare, die blond und verfilzt herunterhingen. Meine Kopfhaut fing an zu jucken. Ich bewegte langsam meine Hände in Richtung meines Haaransatzes. Meine Finger fingen wie von selbst an zu kratzen, als hätte ich diese Bewegung schon tausendmal gemacht.

Doch wann?

Ich konnte mich nicht daran erinnern. Als ich meine Hand zurückzog und meine Finger näher betrachtete, bemerkte ich, dass sich Sandkörner unter meinen langen Fingernägeln befanden. Ich bewegte meine Hände zitternd aufeinander zu und meine Finger pulten sich gegenseitig den Dreck, der sich unter meinen etwas porösen Fingernägeln befand, hervor. Auch dies geschah wie von selbst. Ich wandte meinen Blick den Lichtschein entlang bis hoch zum kleinen Fenster. Hin und wieder sah ich Füße, die schnell vorbeieilten.

Plötzlich erfüllte eine dunkle, kratzige Stimme, die nur dumpf zu hören war, den Raum:

"Sie ist aufgewacht!"

Und nach einer kurzen Pause fügte die unbekannte Stimme nachdenklich hinzu:

"Sie ist viel zu früh aufgewacht!".

Vor Schreck wurde mir wieder eiskalt und die Angst war auch wieder deutlich zu spüren. Ich fühlte, wie mein Herzschlag sich beschleunigte. Ich versuchte zu sprechen, konnte aber nur leise flüstern.

"Wer ist da?", fragte ich vorsichtig. Ich versuchte es ein zweites, ein drittes Mal. Diesmal schon etwas lauter, doch immer noch mit gebrochener Stimme:

"Wer ... wer ist da?"

Niemand antwortete. Ich wartete kurz. Nichts geschah. Was bedeutete das?

"Sie ist aufgewacht, sie ist viel zu früh aufgewacht!"

Bin damit ich gemeint? Und wieso "zu früh"? Wer hat das überhaupt gesagt? Der Mann, den ich vor mir stehen gesehen hatte, als ich noch vor mich hindämmerte? Oder jemand, den ich nicht kenne?

Ich drehte mich langsam um und das Einzige, was ich hören konnte war mein Nacken, der knackte. Mein Blick fiel auf die Ecke hinter mir. Ich bemerkte einen faustgroßen Stein.

Wer hat diesen Stein da hingetan? Und wie hat derjenige das angestellt? Ist er vielleicht durch das Fenster gekrabbelt, ohne dass ich es bemerkte, und genauso leise und schnell wieder verschwunden? Geht das überhaupt so schnell? Wenn ja, dann muss derjenige ziemlich schlank gewesen sein! Aber warum ausgerechnet einen Stein?

Das waren die Fragen, die mir in diesem Moment durch den Kopf schossen. Doch ich musste mich nicht umdrehen, um nachzusehen, ob das Fenster noch wie zuvor aussah. Ich wusste, dass es sinnlos war. Kein Mensch ist so flink, dass er durch ein geschlossenes Fenster klettern konnte, ohne dass jemand davon etwas mitbekäme.

Gibt es überhaupt noch andere Menschen außer mir?

Aber sicher gab es die, ich habe sie doch gesehen! Oder etwa nicht?

Doch ich brauchte eine Erklärung, auch wenn sie noch so abwegig war! Ich ... brauchte ... eine ... Erklärung.

Wer sieht mich?

Ich blickte ängstlich über den Stein an die Decke und bemerkte eine Art Klappe. Sie war nicht besonders groß und passte sich perfekt an die Farbe der Decke an.

In dem Moment hörte ich etwas klicken. Ich erschrak und erstarrte. Alle meine Muskeln krampften sich zusammen. Ich hielt meinen Atem an. Versuchte nicht zu zwinkern. Der einzige Körperteil, der sich bewegte, war mein Herz. Es pochte so laut, dass ich glaubte, es hören zu können. So kraftvoll hämmerte es gegen meinen Brustkorb, dass ich Angst hatte, er könne zerspringen.

Keine Ahnung, wie lange ich mich nicht zu bewegen wagte, aber ich hatte das Gefühl, wenn ich auch nur einen Zeh rühren würde, könnte mich jemand hören.

Ich weiß, dass niemand außer mir in diesem Raum war. Aber in diesem Moment hatte ich das Gefühl, es wäre das einzig Richtige.

Mein Nacken schmerzte, denn ich sah immer noch hoch an die Decke und starrte die Luke an. Die Augen schienen mir in ihren Bewegungen am geräuschlosesten zu sein. Also wagte ich ein paar neue Blicke nach beiden Seiten. Ich bewegte meine Augen nach links, dann nach rechts. Und hielt inne. Keine Veränderung. Ich konnte weder jemanden sehen noch hören. Als ich mich ein weiteres Mal darin bestätigt hatte, dass nichts zu hören war und ich allein zu sein schien, widmete ich mich ganz dem Fleck an der Decke und betrachtete ihn genauer. Ich bemerkte, dass neben der Klappe ein kleiner Lautsprecher angebracht war, hinter dem versteckt eine winzige Überwachungskamera von der Decke hing. Ich sah direkt in die kleine, kaum zu bemerkende Linse. Da ertönte die Stimme, die Stimme des Mannes! Die Stimme, die mich immer wieder aufs Neue zusammenzucken ließ. Die Stimme, die meine Gefühle hin- und herschubste, sie hin- und herspringen ließ, mich immer wieder durcheinanderbrachte:

"Sie hat mich entdeckt!"

Ich blieb in meiner Starre, ich sah weiterhin in die dunkle Linse mit dem Gefühl, einen Menschen dahinter zu sehen, diesen bei etwas zu ertappen, was er nicht durfte, bei etwas sehr Gemeinem. Ich sah einen Menschen, der genau wie ich zwei Augen hatte, der mich ansah, so wie ich ihm direkt in die Augen blickte. Als würde ich ihn beobachten und nicht er mich.

Das gab mir Kraft. Es ließ mich mich besser fühlen.

Doch aus der Starre, in der ich steckte, kam ich noch nicht wieder heraus.

Warum ich die Kamera nicht sofort entdeckt hatte?

Naja, sowohl Lautsprecher als auch Kamera hatten das Muster der Decke.

Nach kurzer Überlegung, wie ich mich jetzt, da ich wusste, dass ich beobachtet wurde, verhalten sollte, kam ich zu dem Entschluss, dass es am besten wäre, sich normal zu verhalten.

Aber wie verhält man sich normal?

Ich versuchte mich zu entspannen und atmete mehrmals tief durch. Versuchte, meine Muskeln etwas zu lockern. Erst meine verkrampften Arme und Hände, dann meine Beine und meinen Bauch, zuletzt waren Kopf und Nacken an der Reihe. Nun wandte ich meinen jetzt einigermaßen entspannten Kopf wieder dem Stein zu.

Das Wissen, beobachtet zu werden, fühlte sich komisch an. Ich ging die letzten Stunden seit meinem Erwachen noch einmal in Gedanken durch.

Hat er meine Träne bemerkt? Spürte er meine Unsicherheit, meine Angst?

Die Fragen, die jetzt in meinem Kopf ohne Vorwarnung auftauchten, verpassten mir eine Gänsehaut am ganzen Körper.

Ich drehte mich wankend vom Stein weg und wagte ein paar zögerliche Schritte auf das Licht zu, dessen Wärme ich jetzt wirklich gebrauchen konnte. Gerade als ich mich niederlassen wollte, hörte ich dumpf etwas hinter mir aufschlagen. Ich konnte mich nicht richtig darauf besinnen, um was es sich wohl gehandelt hatte. Zu sehr war ich mit mir selbst und dem Versuch, mich normal zu verhalten, beschäftigt. Jede Bewegung, jeden Atemzug, den ich machte, überdachte ich.

Deswegen wollte ich nicht erschrecken, keinesfalls zusammenzucken. Deshalb fiel ich in keine Schockstarre mehr und ich machte nicht auf dem Absatz kehrt, um nachzusehen, was passiert war, als ich in meinen Ohren etwas herunterfallen hörte. Das Geräusch hallte nach, bis es in weite Ferne gerückt war.

Es fiel mir so schon schwer genug, mich überhaupt auf meinen eigenen Beinen zu halten. Also beschloss ich, mich erst einmal in den wärmenden Lichtschein zu legen. Ich fühlte mich zwar nicht schlagartig besser, so wie ich es beim ersten Mal erlebt hatte, aber mit der Zeit ging es mir wieder einigermaßen gut.

Ich blieb noch etwas liegen, doch einschlafen konnte ich nicht, was ich allerdings auch nicht als wirklich schlimm empfand.

Als ich glaubte, bereit zum Aufstehen zu sein, wagte ich es, mich vorsichtig aufzurichten. Meine Beine zitterten, mein Herz klopfte schneller. Ich drehte mich trotzdem um, setzte ein Bein vor das andere und näherte mich dem braunen Bündel, das da gelandet war. Als ich es mit zitternden

Händen und Knien etwas ungeschickt öffnete, fand ich darin Körner. Ich fasste eines von ihnen zwischen zwei Fingern und nahm es hoch. Mithilfe meiner langen Fingernägel vermochte ich das Korn in zwei Hälften zu spalten. Es kam eine weiße, mehlige Masse zum Vorschein. Ich weiß nicht warum, aber ich nahm das Korn in meinen Mund, spuckte es aber sofort reflexartig wieder aus.

Ich legte einen Stein auf das wieder geschlossene Bündel und deponierte beides in einer der vier Ecken des Raums. Ich konnte keine der Ecken voneinander unterscheiden. Um nicht völlig verrückt zu werden, orientierte ich mich stets an dem Lichtstrahl, der ungefähr auf die Mitte des kleinen Zimmers schien. Sowie an dem Lautsprecher, der zwischen zwei Ecken von der Decke baumelte.

Ich fühlte mich müde und schlapp, also beschloss ich, mich erneut in den Sonnenstrahl zu legen. Ich versuchte einzuschlafen.

Langsam ging die Sonne unter. Es wurde dunkler. Es wurde kühler. Ich fröstelte. Alles war still. Alles blieb still. Ich weiß nicht, wie lange ich in die Stille lauschte. Kein Knacken, kein Klicken, kein Laut. Ich empfand die Stille nicht als unheimlich, im Gegenteil. Sie war beruhigend. Ich wollte der Stille am liebsten für immer zuhorchen. Also schloss ich meine Augen und ging in Gedanken die Geräusche des Tages durch. Dies hätte ich nicht tun dürfen, ich hätte es vermeiden sollen. Ich hätte der Stille zuhören sollen, horchen sollen, was sie mir zu sagen hatte. Hätte ich nur nicht meine Gedanken dorthin gelenkt. Hätte ich doch nur darauf gewartet, bis die Stille mich in den Schlaf gewogen, mir sanft über mein Gesicht gestrichen und mir einen schönen, ruhigen Schlaf beschert hätte! Doch so kam es nicht. Ich horchte auf die Stimme, die in meinem Kopf auftauchte, als ich wieder das Klicken des Lautsprechers wahrnahm. In meinen Ohren begann es zu rauschen wie in einem Wasserfall. Immer und immer weiter. Endlos.

Sie ist aufgewacht!

Sie ist viel zu früh aufgewacht!

Sie hat mich entdeckt!

Bei jedem neuen Ansetzen der Stimme, bei jedem neuen Einatmen der stickigen, dreckigen Luft hatte ich die Befürchtung, dass ich sie nicht nur in meinem Kopf hören konnte, sondern dass sie erneut durch den Lautsprecher ertönte. Ich hatte Angst, dass sich das Klicken wieder bemerkbar machen und dann wieder und wieder durch meinen Kopf, durch meine Ohren hallen würde. Bei jeder Wiederholung verstärkte sich die Stimme in meinen Ohren und wurde lauter und lauter. Ich war wie in Trance und dazu wie gelähmt. Die Laute flogen durch mich hindurch, und ich vermochte sie nicht zu stoppen. Das Klicken des Lautsprechers und die fremde, unheimliche Stimme vermischten sich miteinander.

Sie viel zu früh aufgewacht entdeckt hat mich.

Alle Worte des Mannes verschwammen ineinander, bis ich keinen der drei Sätze mehr einzeln erkennen konnte. Alle drei Aussprüche ergaben ein breiiges Dröhnen und Rauschen und rissen mein Bewusstsein mit sich. Zwischendrin schälten sich einzelne Worte daraus hervor:

Früh. Entdeckt. Aufgewacht.

Meine Ohren schmerzten, die Gedanken überschlugen sich.

Werde ich morgen wieder in diesem eiskalten Raum aufwachen? Oder irgendwo anders? Doch wo?

Schließlich kannte ich nur diesen einen Raum. Er war mir schon vertaut, auch wenn ich mich darin eingeschlossen fühlte. War mir bange, womöglich ganz woanders aufzuwachen als an diesem abstoßenden Ort. In diesem schrecklichen Raum.

Die Stimme hörte nicht auf in meinem Kopf zu sprechen, zu existieren. Sie wiederholte sich immer und immer wieder. Wenn ich dachte, sie würde endlich Ruhe geben, da sie für einige wundervoll stille Sekunden aufgehört hatte, in meinem Kopf herumzuspuken, tauchte sie schon wieder auf. Jedesmal von Neuem versetze sie meinem Herzen einen Stich, ließ meinen Kopf erneut schmerzen. Mein Körper verspannte sich wieder. Kein Körperteil bewegte sich mehr. Ich atmete kaum merklich vorsichtig ein und aus, so dass es niemand hören konnte. Ich hielt mir meine Ohren zu, in der Hoffnung der Stimme auszuweichen. Es half nichts.

Die unheimliche Stimme wurde lauter und lauter. Ich schlug mir mit der Faust gegen meinen Kopf. Einmal, zweimal, dreimal, ...

Jetzt waren die Schmerzen wenigstens äußerlich. Nicht mehr so, dass sie mich verrückt zu machen drohten. Aber letztlich half auch das nichts. Blitze zuckten durch die Dunkelheit meiner geschlossenen Augen. Diese furchterregende Stimme nahm mich in ihren Besitz wie eine riesige Welle, die sich gierig alles Land krallen, es besitzen und beherrschen will. Sie kommt über einen, wie ein Schatten, der plötzlich auftaucht, der gewaltige Schäden hinterlässt, ohne davon zu wissen, ohne davon etwas mitzukriegen.

Mir wurde kalt. Gänsehaut breitete sich auf meinem ganzen Körper aus. Bei jedem neuen Blitz zuckte mein Körper zusammen. Immer mehr Angstschweiß sammelte sich auf meiner Stirn. Ich spürte, wie meine Finger immer kälter wurden, wie mit der Zeit mein ganzer Körper zitterte, wie meine Zähne zu klappern begannen. Jeder einzelne Ton, den ich machte, den ich dabei unwillkürlich von mir gab, hörte sich in meinem Kopf doppelt so laut an. Er dröhnte in meinen Ohren, wie ein Echo hallte er in meinem Kopf nach. Meine eigenen Töne und seine Stimme in meinem Kopf vermischten sich und wurden zusammen immer lauter, wie ein riesiges Orchester, das gerade an seinem Höhepunkt angekommen war.

Ich riss meine Augen auf. Alles verstummte. Alles war still. Nichts war mehr zu hören. Keine Stimme. Kein Ton. Nichts.

Ich weiß nicht, wie lange ich so dalag. Ich bewegte mich nicht. Ich starrte lediglich an die Decke und genoss die Stille. Meine Augen gewöhnten sich langsam an die Dunkelheit, die jetzt den Raum erfüllte. Der Lichtschein war nicht mehr da, doch mir war nicht kalt. Es fühlte sich an, als hätte ich schon stundenlang so dagelegen und durch die Dunkelheit hinauf zur Decke gestarrt. Es passierte nichts. Ich lauschte in die Stille und hoffte, dass sie dieses eine Mal nicht unterbrochen wurde.

Wie vergeht die Zeit?

Wie lange liege ich schon da? Wie lange werde ich die unheimlich dunkle Stimme und das keuchende Atmen des fremden Mannes noch in meinem Kopf, in meinen Ohren ertragen müssen?

Ich weiß, dass es zwischendurch mal weg und dann wieder zu hören war. Mir gingen so unglaublich viele Dinge durch den Kopf, dass ich sie nicht wiedergeben kann. Immer wieder wurde ich von neuen, schrecklichen Gefühlen übermannt, die ich noch nie zuvor gespürt hatte. Immer wieder blitzte ein weiterer scheußlicher Gedanke in meinem Kopf auf, über den ich mir abermals stundenlang den Kopf zerbrach. Es wurde hell und es wurde erneut dunkel. Immer, wenn ich meine Augen aufriss, um den schrecklichen Gedanken, der Stimme in meinem Kopf oder den Tönen in meinen Ohren zu entkommen, wurde es schlagartig still. Die Bilder vor meinen Augen erloschen.

Doch obwohl ich sie häufig vor lauter Angst

aufriss, drohten sie sofort wieder zuzufallen. Dann genoss ich für ein paar wundervolle Sekunden die Stille in mir und um mich herum.

Meine Augenlider wurden mir immer schwerer, bis sie wieder ganz zufielen. Die Bilder tauchten erneut auf, die Stimme fing wieder an, in meinen Ohren zu dröhnen, bis ich es nicht mehr aushielt und alles von Neuem beginnen ließ.

Nach einiger Zeit bekam ich meine Augen nicht mehr auf. Ich dachte an nichts mehr. Ich kann mich an nichts mehr erinnern. Ich bekam nichts mehr um mich herum mit.

Die Stille hatte triumphiert, sie hat erfolgreich gegen die Stimme angekämpft, sie über die Zeit besiegt, mit Hilfe der Erschöpfung, die die Stimme mit sich brachte. Das Durcheinander der Wörter, das mich verwirrte, mir Angst einjagte, mich nicht mehr losließ, bis ich zu viele Tränen habe fließen, zu viel Angstschweiß über mich habe ergehen lassen. Bis ich nur noch die pure Erschöpfung spürte, die mir half, endlich in den Schlaf zu finden, mich in Ruhe zu lassen, mich einem tiefen Erschöpfungsschlaf überließ.

So konnte ich wieder regelmäßig ein- und ausatmen, mich wieder beruhigen. Ich konnte wieder träumen! Träumen von mir, von einem Platz, von einer Stadt. Von meinem Körper, der da liegt, mitten auf der Straße, mitten am Tag. Das Licht der Sonne blendete in meine Augen. Der Moment war wunderbar, der Teer heiß von den Sonnenstrahlen, deren Wärme jeder und alles in der Stadt zu spüren bekam. Mit der Zeit wurde es Nacht, es wurde dunkel und kalt. Meine Augen waren immer noch geschlossen, doch ich nahm alles um mich herum sehr deutlich wahr. Die Schritte der Menschen, die immer weniger wurden, je dunkler es wurde. Der Boden, der mit der Zeit langsam abkühlte. Die Regentropfen, die erst leise die Stille durchbrachen und immer stärker wurden. Sie prasselten in mein Gesicht und liefen mir dann die Wangen herunter. Die Zeit verging, doch ich lag immer noch da, mitten auf der Straße, inmitten dieses Platzes, mitten in der Stadt. Um mich herum wurde es wieder heller, es hatte aufgehört zu regnen, kleine Wellen von Wasser glitten mir übers Gesicht. Angenehm erfrischend. Ich hörte ein Auto, wie es auf mich zufuhr, ganz langsam, doch es wurde stetig lauter. Ich wollte meine Augen öffnen, um wegzurennen. Wollte erst aufstehen und dann loslaufen. Einfach nur weg von hier. Das Auto näherte sich wie in Zeitlupe, doch ich bewegte mich keinen Millimeter. Ich konnte weder Arme noch Beine regen, nicht einmal meine Augenlider, die ich gern geöffnet hätte.

Ich realisierte, dass ich nichts tun konnte. Irgendwann würde das Auto bei mir ankommen und über mich rollen. Und ich würde nichts dagegen tun können.

Was, wenn ich wieder dort aufwache?

Sollte ich mich freuen oder Angst haben? Was ist in der Zeit, in der ich geschlafen habe, passiert?

Ich war genauso verwirrt und gelähmt wie beim ersten Mal, als ich an diesem Tag, in diesem Moment meine Augen öffnete. Mein Traum endete abrupt. Mein Körper lag immer noch auf demselben sandigen Untergrund. Der Sand auf meiner Kopfhaut kribbelte.

Wie lange hab ich geschlafen? Wie lange hatte ich die Dunkelheit in mir eingeschlossen? Sie in mir getragen, sie bei mir behalten? Die Nacht in mir behalten? Den Schlaf in mir eingeschlossen, ihn festgehalten, ihn nicht los gelassen?

Waren es Stunden? Tage? Oder sogar Wochen? Was ist in der Zwischenzeit passiert? Der Untergrund, auf dem ich liege, ist der gleiche, doch ist auch um mich herum alles gleich geblieben?

Meine Augen öffnete ich als erstes. Ich kniff sie zusammen, da mir die Sonne ins Gesicht schien.

Sie hatte mich anscheinend aufgeweckt. Ich stellte fest, dass es Mittag sein musste.

Doch woher wusste ich, dass mittags die Sonne am höchsten steht und am wärmsten ist?

Ich wollte nicht auch noch darüber nachdenken, ich hatte eh schon zu viele Fragen, die in mir entstanden und beantwortet werden wollten. Doch ich hatte niemanden, den ich nach einer Antwort fragen konnte. Und selbst, selbst würde ich nie auf die Antworten kommen. Und dennoch beschäftigte ich mich Stunden damit. Ich schob die Fragen aus meinem Gedächtnis. Ich wollte diesen Moment genießen. Den Moment, den die Sonne mir schenkte.

Meine Mundwinkel wurden wie durch einen durchsichtigen Faden nach oben gezogen, meinem Herzen wuchsen für eine kurze Zeit Flügel. Es fühlte sich so an, als ob mein Herz sich aus meinem Körper befreit hätte, es sich aus diesem Raum befreit hätte, um in die große, weite Welt zu fliegen. Es fliegt über die roten Dächer, über die grünen Wälder, die saftigen Wiesen, fühlt sich frei wie ein Vogel!

Fühlen sich Vögel frei?

Ich stelle es mir so vor, aber vielleicht denken sie dasselbe von mir.

Der Gedanke tröstete mich etwas.

Es fühlte sich so an, als ob mein Herz der Sonne entgegenfliegen würde. Bei jedem Herzschlag kam es ihr etwas näher. Mir wurde warm ums Herz, ich konnte nicht aufhören zu lächeln. In diesem Moment spürte ich, dass es noch mehr gab als diesen Raum, als diesen einen Geruch, der mir seit meinem ersten Aufwachen in der Nase lag. Ich wusste nicht, was es war. Konnte es nicht definieren, aber es war da, es existierte, irgendwo. Seit meinem Aufwachen hatte ich dem Raum noch keinen würdigen Blick geschenkt. Er war mein Zuhause, aber es fühlte sich nicht nach einem Zuhause an.

Sollte man sich nicht an diesem Ort wohl fühlen? Hatte ich mich jemals an einem Ort wohl gefühlt? Kannte ich das Gefühl des Wohlfühlens, des Zufriedenseins, des Glücklichseins überhaupt?

Glücklich sein mit mir, mit mir als Mensch, als Person, glücklich sein mit allem um mich herum.

Glücklich sein mit dem, was passiert. Das ich nicht steuern kann. Es annehmen, als Chance nutzen.

Als ich mich umdrehte, um den ganzen Raum zu betrachten, bemerkte ich, dass sich nichts verändert hatte. Kein Paket stand unter der Luke, kein Staubkorn wurde bewegt, darauf konnte ich wetten. Niemand war hier gewesen. Das beruhigte mich.

Ich wollte nicht mehr weiter über diesen Ort nachdenken. Ich saß aufrecht da und streckte mein Gesicht mit geschlossenen Augen und immer noch lächelndem Mund der Sonne entgegen. Für mich hätte dieser Moment ewig andauern können. Er war voller Hoffnung, voller Vertrauen und Zuversicht. Ich genoss jede Sekunde, jeden Atemzug, in dem ich spürte, dass ich lebe.

Ich spürte die wärmende Sonne auf meinen jetzt glühenden Wangen. Es fühlte sich so an, als würde sie mir direkt in mein Herz scheinen. Selbst als mein Nacken anfing etwas zu schmerzen, wandte ich mich von der Sonne und ihren wärmenden Strahlen nicht ab.

Ich philosophierte darüber, wie es wäre frei zu

sein.

Würde ich dann bemerkt werden? Würde ich draußen von einem Ort zum anderen eilen, den ganzen Tag, die ganze Zeit von A nach B hetzen? Würde ich glücklich sein? Könnte ich überhaupt glücklich sein? Würde ich mich lebendig fühlen, so wie neu geboren? Würde ich mich zurecht finden? Dürfte ich alles machen, was mir durch den Kopf ging? Alles, was ich möchte?

Doch dann wurde ich wie durch einen Schlag, wie durch einen Stich in die Wirklichkeit zurückgeholt. Er traf mich mitten ins Herz. Mein Lächeln erstarrte, meine Mundwinkel wurden nach unten gezogen. Meine Muskeln verkrampften sich, mein Atem stockte. Wenn ich gefragt worden wäre, ob mich in diesem Moment jemand mitten auf den Brustkorb getroffen hätte, hätte ich sofort mit ja geantwortet.

Niemand hatte mich berührt, niemand war in diesem Raum, das wusste ich, aber ich konnte mir fast sicher sein, einen Abdruck auf meinem zerbrechlichen Brustkorb zu finden.

Behutsam und immer noch von der Sonne

geblendet schob ich mein Shirt hoch. Zentimeter für Zentimeter. Meine Angst, dass meine Verletzung erneut schmerzen könnte, war riesig. Ich suchte meinen Oberkörper nach möglichen blauen Flecken oder Prellungen ab.

Ich spürte, wie mein Herz immer und immer wieder Stiche abbekam. Ich konnte mir nicht erklären, woher diese kamen. Ungefähr im Sekundentakt bohrte sich ein Nagel in den Oberkörper, in etwa auf der Höhe meines Herzens.

Es war, als würde man eine Ewigkeit einem kleinen, instabilen Segelschiff zusehen, wie es über die Wellen gleitet. Immer auf und ab, im Hintergrund geht die Sonne auf und das leichte Schaukeln macht einen dösig beim Zusehen. Es wird vom Wind weitergetrieben. Der bläst dir unsanft in den Rücken. Du hältst das Steuer fest in beiden Händen. Du kennst dich aus, schließlich hast du das Steuern gelernt. Du weißt, wie du den Wind für dich nutzen kannst, wie du das Segel befestigen musst, um den Wind einzufangen und in die gewünschte Richtung zu fahren. Du kreuzt gegen den Wind nach oben auf. Hast immer einen

Punkt vor Augen, der dein nächstes Ziel ist, bis du dich gekonnt drehst und den nächsten Haken schlägst. Um noch näher an dein Endziel zu gelangen. Alles läuft gut. Du kannst das Segelboot gut lenken, du hast es in der Hand. Du weißt, aus welcher Richtung der Wind kommt, fängst ihn ein und bewegst dich vorwärts. Man kann die Augen nicht von dem Schiff abwenden, es schaukelt in diesem riesigen Ozean hin und her und gibt einem das Gefühl von Sicherheit.

Und plötzlich, ohne irgendeine Vorwarnung kommt eine Windböe auf dich und das Schiff zu. Bislang habt ihr euch sicher gefühlt zu zweit. Ihr wart euch sicher, dass ihr standhalten könnt. Die Wellen jedoch werden stärker. Der vorherige leichte Wind, gerade richtig, um ruhig vor sich hinzusegeln, hat sich in einen Sturm verwandelt. Du stellst dich mit deinem ganzen Gewicht dagegen, versuchst mit aller Kraft das Steuer nicht loszulassen. Dein kleines, doch sicheres Segelschiff wird durch die Wellen gepeitscht, die dich hin- und herreißen, die jetzt das Sagen haben, die dich bewegen und dir sagen, wohin dein Weg führt.

Du merkst, dass du nicht mehr bestimmen kannst. Jetzt wird dir die Situation in ihrem ganzen Ausmaß bewusst. Dir wird klar, dass das dein letzter Ausflug war. Du hast geschrien, geschrien um Hilfe. Doch als dir alles bewusst wurde, hörtest du auf. Du hörtest auf zu schreien, hörtest auf gegen den Wind anzukämpfen. Der Sturm zerreißt dein Segel, zerfetzt es in Stücke. In zu viele Einzelteile. Du schaust einfach nur zu. Du weißt, du bist verloren, du weißt nicht mehr, wohin es in deinem Leben geht, weißt nicht, ob es überhaupt noch weiter geht. Und wie lang es so weiter geht. Alles wird für dich bestimmt, du selbst hast das Denken längst aufgegeben. Hast es abgegeben an den Wind, die Wellen, an das Meer. Du fühlst dich einsam und alleingelassen mitten auf dem großen Ozean. Die nächste Welle lässt dein Segelschiff ohne Segel gegen einen großen Felsen schlagen. Das Boot wird in zwei Teile geteilt.

In dem einen saß ich nun, das andere trieb immer weiter von mir weg, bis ich es nicht mehr sehen konnte, bis es aus meinem Blickfeld verschwand. Ich klammerte mich mit all der mir verbliebenen Kraft am Rand des zerbrochenen Bootes fest. Ich sah die nächste Welle auf mich zu kommen. Ich wusste, ich konnte nicht mehr, ich hatte keine Kraft mehr. Ich würde sie nicht mehr überleben. Sie kam immer näher, bis sie mich erreichte, ich sie berühren konnte, sie mich vom Boot riss, mich verschluckte, mich unter Wasser gegen den nächsten Felsen schlug.

Immer und immer wieder schlug ich mit meinen Händen um mich. Ich suchte das Boot und suchte Halt. Irgendetwas, das mich hielt, an dem ich mich festhalten konnte. Doch ich fand nichts, meine Hände berührten kein Boot, sie berührten nur das endlose Wasser.

Ohne dass ich es wollte, kämpfte mein Körper ums Überleben. Doch mein Kopf hatte schon im Boot aufgegeben. Ich konnte nichts dagegen tun. Meine Arme und Beine schlugen weiter um sich. Sie stießen meinen Kopf über die Wasseroberfläche voran, ich atmete ein, die nächste Welle kam, mein Körper kämpfte weiter. Wie lange noch?

Ich gab auf. Mein Körper gab auf. Wir gaben zusammen das Leben auf.

Noch ein paar Mal wurde mein Körper gegen den

Felsen geschleudert. Meine Augen waren offen, sahen alles mit an. Es kam mir vor, als würde ich es nicht selbst erleben, als würde ich nur einer Person in einem Film zusehen. Ich erschien mir selbst so fremd dabei. Immer mehr Schnittwunden bedeckten meinen Körper, mehr und mehr Blut entwich aus meinem Körper. Meine Tränen gingen unter und wurden vom kalten Nass, das meinen leeren Körper umgab, mitgenommen, weggespült, einfach fort. Sie wurden irgendwohin getragen, weit weg von mir, weg von dem Körper, aus dem sie geflossen waren.

Eine Wolke Blut umgab mich, sie schloss mich ein, sie umhüllte meinen Körper, der seinen Schutz nur noch im Tod finden wollte.

Irgendwann bekam ich es nicht mehr mit, mein jetzt lebloser Körper schlug erneut auf dem Felsen auf.

Allein, ohne mich. Ohne die Person, die vor langer Zeit einmal in ihm gelebt und den Körper zu dem gemacht hat, was er war, die ihn lebendig machte, die ihn am Leben hielt.

Das Segelschiff wurde aus dem Gleichgewicht

gebracht, es wurde zerstört. Das Gleichgewicht eines lebendigen Menschen wich aus dem knarrenden Holz, das einmal die Hülle des Schiffes war.

Ich verlor das Gleichgewicht, wurde von außen nach innen zerstört.

Als die dunkle Stimme mich aus meinen schönen warmen Gedanken riss, fühlte ich mich wie dieses aus dem Gleichgewicht gebrachte Schiff. Das erste Mal, seitdem dieser Raum mein Zuhause geworden war, hatte ich mich wirklich sicher und geborgen gefühlt. Hatte ich das Steuer wieder in der Hand gehabt.

Ich war glücklich.

Wann bin ich zuletzt glücklich gewesen?

Ich wusste nicht mehr, wie sich das anfühlte. Auf jeden Fall tat es weh. Jetzt hatte ich das Gefühl gefunden, ich hatte das erste Mal gelächelt. Und allein diese wenigen Worte der Stimme reichten, um all den Schrecken zurückzuholen.

Doch es war viel mehr als nur die Stimme. In diesem Raum bin ich nicht der Mensch, der ich einmal war. Ich weiß nicht, wer ich einmal war.

Doch ich weiß, dass ich früher anders war. Ich hatte schon längst aufgegeben. Ich hatte aufgegeben, als ich hier aufgewacht bin. Ich bin das Mädchen auf dem Segelschiff: Am Anfang ging es mir gut, so denke ich jedenfalls, es fühlte sich so an, als wäre es mir einmal gut gegangen.

Doch jetzt bin ich hier. Ich jedenfalls habe aufgegeben. Jetzt ist es nur noch eine Frage der Zeit, bis auch mein Körper aufgibt. Grund dafür erhält er genug, nicht nur von diesem Mann, sondern auch von mir. Von meinen Gedanken und meinen Gefühlen.

So drang in dieser Sekunde die dunkle, kratzige Stimme des Mannes in meine Ohren:

"Jetzt,... jetzt ist der richtige Zeitpunkt!"

So ertönte die Stimme des Unbekannten. Sie hallte durch den Raum, lange dauerte es, bis sie endlich verstummte.

Keiner von uns beiden gab einen Ton oder ein Geräusch von sich. Selbst das Klicken des Lautsprechers hatte ich nicht vernommen. Ich dachte mir, dass ich es dieses Mal überhört haben musste, als der Lautsprecher angeschaltet wurde.

Wahrscheinlich war ich zu sehr in meine Gedanken vertieft, und nur die laute, durchdringende Stimme konnte mich daraus hervorholen. Die Gedanken sausten mir wirbelsturmartig durch den Kopf, doch jeder, nach dem ich greifen wollte, schmerzte, als ob die scharfen, ausgefahrenen Krallen einer Katze durch das Innere meines Gehirns gezogen würden.

Es war einige Zeit vergangen und ich spürte jetzt jeden einzelnen Schmerz, jeden einzelnen Knochen meines Körpers. Mein Magen grummelte. Doch das stärkste Gefühl war die Einsamkeit, die ich ganz deutlich tief in meinem Herzen spürte.

Wie fühlt es sich an, wenn man so allein ist?

Das war die Frage, die ich mir zu beantworten versuchte.

Ich weiß es nicht. Schließlich habe ich es nie anders erlebt. Etwas in mir fehlte, etwas in meinem Herzen fehlte. Doch du weißt nicht, ob du überhaupt noch lebst oder schon einmal gelebt hast. Da ist eine Leere in dir, die du nicht beschreiben kannst. Sie existiert, doch du weißt nicht, was dir fehlt. Du fühlst dich ausgequetscht wie eine Zitrone, der jetzt der Saft zum Leben fehlt. Das Gefühl schwebt bei jedem Gedanken, den du fasst, bei jeder Handlung, die du beginnst, wie ein Schatten hinter dir her. Es ist immer da. Und sobald du daran denkst, bildet sich ein Kloß im Hals, der von Gedanke zu Gedanke immer größer wird. Du versuchst ihn hinunterzuschlucken, doch es geht nicht. Verzweiflung mischt sich in die Traurigkeit und du siehst, wie sich in deinem Auge eine erste Träne bildet. Sie macht das Bild, das du siehst unscharf und im nächsten Moment läuft eine Träne nach der anderen deine Wangen hinunter. Haltlos.

Ich fühlte, dass es mir vor dem Erwachen in diesem Raum schon nicht besonders gut gegangen war. Aber das war alles, was ich hatte, und es war alles, was mein Leben lebenswert und lebendig machte. Selbst diese Stimme, vor der ich mich so sehr fürchtete, gehörte dazu. Irgendwie.

Immer wenn ich die Stimme vernahm, hatte ich zwar Angst, aber es waren die einzigen Momente, in denen ich für ein paar Sekunden nicht allein sein musste, in denen ich einem anderen Menschen zuhorchen konnte.

Der Lautsprecher klickte. Ich zuckte zusammen. Das war der erste Laut, der erste Ton, der nach langer Stille ertönte. Schon wieder wurde ich gelenkt, wurden meine Gefühle gelenkt. Unzufriedenheit machte sich in mir breit. Ich war unzufrieden mit mir, mit meinem Handeln, mit allem, was ich tat.

Wieso kann ich nicht einmal entscheiden, wie es mir geht? Wenigstens einmal beeinflussen, was mit mir passiert? Wieso geht das nicht?

Ich stand auf und bewegte mich auf den Lautsprecher zu. Jetzt stand ich unter der Luke und sah nach oben. Ich beobachtete, wie sie sich öffnete. Eine Kiste flog mir entgegen. Mit den Augen verfolgte ich, wie sie zu Boden fiel. Sie landete nur ein paar Zentimeter neben mir.

Ich bewegte mich keinen Millimeter von der Stelle. Stand einfach nur da. Genauso hätte es sein können, dass sie mich trifft. Doch ich hatte keine Angst. Als wäre ich mir zu 100 Prozent sicher gewesen, nicht getroffen zu werden.

Ich kniete mich zu dem Paket hinunter und blickte

es an wie einen Schatz, der gerade gestrandet war. Voller Ehrfurcht und voller Hoffnung. In diesem von Gewissheit geladenen Augenblick war es fast unmöglich, irgendeinen Schmerz zu spüren. Es fiel mir schwer, noch klar denken zu können. Meine Gedanken flogen durch den Raum und veranstalteten ein unabgesprochenes Orchester, das sich grauenvoll anhörte. Niemand war an seinem Platz, niemand beachtete den Dirigenten. Mein Kopf kreiste um soviele andere Sachen, dass ich ohne nachzudenken die Kiste öffnete. Als ich mich vorbeugte, glitten mir einige meiner verfilzten Haare ins Gesicht. Ich strich sie mir ein erstes Mal aus dem Gesicht, dann ein zweites Mal. Es half nichts. Also machte ich die Kiste auf, trotz der widerspenstigen Haare, die mir die Sicht versperrten.

Ich erwartete etwas Großes, Mächtiges. Doch als ich die Kiste mit meinen langen Fingernägeln Stück um Stück aufschlitzte, rieselten mir schon die Körner entgegen. Es handelte sich um dieselben Körner, die ich in dem Bündel vorgefunden hatte. Sie fielen zu Boden und verteilten sich ringsum.

Was sollte ich mit ihnen anfangen?

Sie schmeckten nicht und nahmen nur Platz weg!

Voller Wut und Unzufriedenheit schüttete ich die Körner auf den Boden. Ich wollte, dass jedes einzelne von ihnen herausfiel. Dann verteilte ich sie abwechselnd mit meinen Füßen und kickte sie in alle Richtungen. Erst nach rechts, dann nach links. Ich kehrte sie vor mich und hinter mich. Die Wut breitete sich immer mehr in mir aus. Nichts gelang mir. Ich fühlte mich unausgeglichen. Immer mehr Tränen rannen mir über die bleichen Wangen. In meinen Ohren dröhnte die Stimme, die sich jetzt mit meiner vermischte. Im Hintergrund die Stimme des Mannes, im Vordergrund ganz deutlich zu hören meine eigene.

"Ich will hier raus! Ich brauche frische Luft! Ich brauche Bewegung! Freiheit! Ich habe Hunger! Mein Bauch tut weh!"

Meine Stimme wurde immer wehleidiger, je länger und öfter ich mir diese Bedürfnisse vorsagte.

Mein Körper verlangte mehr. Meine eigene Stimme vermischt mit den Worten des Mannes sprach jetzt mit mir. Ich hatte das unhaltbare Verlangen, etwas kaputt machen zu müssen. Als erstes bekam ich das Bündel in die Hände. Ich schlug es gegen die nächste Wand, dann mit voller Wucht gegen meine dünnen, zerbrechlich wirkenden Beine. Ich schrie. Ich achtete auf nichts. Mir war alles egal. Mir war es egal, beobachtet zu werden. Mir war es egal, wenn ich mich selbst verletzen würde. Ich nahm das halb zerrissene Bündel und schleudertete es mit aller Kraft von mir. Meine Beine machten einen Satz auf das Paket zu, meine Füße trampelten auf der Pappe herum. Mein Herz hämmerte gegen die Brust. Mein Körper sank unsanft zu den Körnern auf den Boden. In meinen Ohren war noch das leise Krächzen meiner Stimme zu hören.

"W... was machst ... du hie...r?!?"

In meinem Kopf verstummte die Stimme des Mannes komplett. Mir war heiß, doch meine äußersten Gliedmaßen fühlten sich kalt an. Eiskalt. Ein paar Haare waren auf meiner Stirn festgeklebt. Ich atmete tief ein und aus. Meine Augen brannten von den vielen Tränen, die sich einen Weg aus meinen Augen gebahnt und endlich einen Ausgang gefunden hatten.

Ich fühlte mich wie ein winziger Stern mitten im Universum. In manchen Nächten konnte man mich sehen, da ich der erste Stern am Himmel war, doch in den allermeisten Nächten wurde ich von niemandem wahrgenommen. Da war ich nur eine von vielen und ging in der Masse unter. Hätte ich um Hilfe geschrien, keiner hätte es bemerken. Niemand hätte mich gehört, niemand sich Sorgen um mich gemacht. Ich hätte noch so laut schreien können, ich wäre allein geblieben. Allein mitten unter den anderen Sternen, doch zu weit weg von ihnen, als dass sie mich hätten hören können. Keiner der Sterne war mir nah und keiner hörte mir nur ansatzweise zu. Ich war niemandem wichtig genug, als dass er sich um mich Sorgen gemacht hätte. Doch ich hatte ebenfalls keinen, um den ich mir hätte Sorgen machen, um den ich mich hätte kümmern können, dem ich hätte zuhören können. Vielleicht hörte mir erst jemand zu, wenn ich auch jemandem zuhörte.

Ich war da, doch niemand stand mit bei. Ich fühlte mich alleingelassen und hilflos.

Ich konnte schließlich nicht ahnen, wie wichtig ich

für andere war. Besser gesagt für diese eine Person.

Ich kauerte jetzt mitten im Zimmer auf dem Boden, um mich herum lagen die Körner verstreut. Meinen Kopf hatte ich auf meinen angewinkelten Beinen abgeleg. Meine Hände hatte ich unter den Po geschoben, um sie aufzuwärmen. So saß ich da und dachte an nichts. Hoffnungslos starrte ich zwischen den Beinen hindurch auf den Boden.

Nach einiger Zeit spürte ich immer deutlicher einen Druck auf der Blase und ein Schmerz in der Magengegend, der kaum mehr auszuhalten war. Meine rechte Hand bewegte sich auf den sandigen Boden zu. Sie griff zu. In meiner geschlossenen Hand befanden sich jetzt unzählige kleine Sandkörner vermischt mit den anderen Körnern. Mein Mund öffnete sich. Ich führte meine Hand etwas näher an den Mund heran. Da mein Kopf immer noch in der gleichen Lage auf meinen Beinen war, floss mir in tropfenden Fäden Speichel aus dem Mund. Als ich meine Hand vorsichtig öffnete, glitt meine Zunge vom Mund direkt auf die Schale zu, die ich mit meiner Hand formte. Ich spürte rauhe Sandkörner auf der Zungenspitze, dann auf der gesamten Zunge. Als meine Zunge wieder in den Mund zurückgekehrt war, verteilten sich die Sandkörner bereits im ganzen Mundraum. Sie befanden sich unter meiner Zunge und in den Zahnzwischenräumen. Zwischendurch konnte meine Zunge die etwas größeren Getreidekörner ausmachen, genau wie meine Finger, wenn sie auf dem Boden entlangstrichen.

Meine Zunge pulte soviele Körner wie möglich hervor, dann schluckte ich. Meine Hand bewegte sich immer und immer wieder auf den sandigen Boden zu, um meiner Zunge und meinem Mund neue Körner zu bringen. Jedes Mal, wenn ich schluckte, kratzte der Sand an der Innenwand des Gaumens. Ich spürte jedes einzelne Korn, wie es seinen Weg nach unten fand. Es schürfte an meiner Speiseröhre entlang, ritzte meinen Körper von innen auf. Es fühlte sich so an, als ob ich winzig kleine Messer hinunterschlucken würde. Doch ich hörte nicht auf. Ich konnte nicht. Mein Magen verlangte es von mir. Trotz der Schmerzen. Ich wollte schreien, doch ich konnte nicht. Stattdessen landete eine Träne nach der anderen zwischen meinen Beinen auf dem Boden.

Nach einiger Zeit fühlte ich mich zu schwach, um noch einmal meine Hand mit Körnern zu füllen, sie in die Nähe meines Mundes zu führen, die Körner mit meiner Zunge aufzunehmen und zu schlucken. Mein Mund öffnete sich von ganz allein. Ein Tropfen Blut verfärbte den sandigen Boden hellrot. Weiteres Blut konnte ich in meinem Mund schmecken. Es kam mir bekannt vor. Ich schloss meine Augen. Eine kurze Episode mit Bildern von einer riesig wirkenden Faust, die meinen Mund traf, war für einen Augenblick zu sehen. Ich zuckte zusammen. Ich öffnete meinen Mund, um zu schreien, doch kein Ton kam heraus. Ein zweiter Tropfen Blut landete neben dem ersten. Vorsichtig machte ich den Mund wieder zu. Vor meinen immer noch geschlossenen Augen wurde alles wieder dunkel. Es fühlte sich so an, als würde ein kalter, dunkler Schatten meinen Rücken berühren. Er bewegte sich hinauf in Richtung meines Kopfes. Meine Nackenhaare stellten sich auf. Der dunkle Schatten breitete sich auf meinem ganzen Körper aus. Ich kauerte auf dem Boden und bekam das alles nur zur Hälfte mit. Mein Rachen, mein ganzer

Mund, meine Speiseröhre taten so weh, dass ich den Speichel, der sich in meinem Mund gebildet hatte, nicht herunterschlucken konnte. Ich öffnete meinen Mund, und ließ ihn verdünnt mit Blut auf den Boden tropfen. Alles war still. Alles war ruhig. Niemand sagte etwas. Und das war gut so. Ich dachte an nichts. Ich bewegte mich nicht.

Wie fühlen sich Schmerzen an?

Als ich am nächsten Morgen aufwachte, schien mir die Sonne ins Gesicht und versuchte mich zum Lachen zu bringen, das spürte ich. Alles war wie am vorherigen Morgen. Doch ich war anders. Ich hatte mich besser kennengelernt. Mich und meine Gefühle. Ich hatte das Innere meines Herzens zu spüren bekommen. Ich hatte das erste Mal erfahren, wie es sich anfühlt, glücklich zu sein. Und wie es ist, unbändige Wut nicht mehr kontrollieren zu können. Sie bewegt deine Beine, deine Arme, deinen Mund, ohne dass du etwas dagegen tun kannst. Du bist nicht mehr du selbst. Du bist nicht Herr über deinen eigenen Körper. Ich hatte gelernt, was es bedeutet, Schmerzen zu haben. Du versuchst, dich zu bewegen, doch bei jedem kleinsten Millimeter zuckt dein Inneres zusammen. Stechende Schmerzen durchfahren dich. Du traust dich nicht mehr, die normalsten, die kleinsten Bewegungen zu vollführen, da du befürchtest, erneut in diesem Tal von Schmerzen zu versinken. Bei jedem Millimeter, den du deine Gliedmaßen bewegst, sinkst du tiefer. Bis nur noch dein Kopf aus dem Berg heraus schaut, gerade noch von den Schmerzen verschont. Doch ein paar Atemzüge später ist auch der versunken. Alle Luft fehlt dir zum Atmen. Du kannst die einzelnen Schmerzen nicht mehr voneinander unterscheiden. Sie verschwimmen miteinander, bis du deine Augen schließt und hoffst, dass alles vorbeizieht, so wie die grauen Regenwolken am Horizont, die hin und wieder zu sehen sind.

So lange lag ich da. Ich bewegte mich nicht, schluckte nicht. Atmen konnte ich nur flach. Ich bekam wenig Sauerstoff und hatte das Gefühl, an meinem eigenem Blut, das sich über die Nacht in meinem Mund angesammelt hatte, zu ersticken. Luft sog ich nur durch einen hauchdünnen Spalt in meinem Mund. Ich spürte, wenn ich einatmete, die kühle Luft auf meinen eingetrockneten Lippen. Blutklumpen hatten sich in meinem Mund gebildet, und die Spucke, die sich am vorherigen Abend noch in meinem Mund befunden hatte, war jetzt von der stickigen Luft gänzlich aufgetrocknet worden. Bei jedem neuen Einatmen der abgestandenen, dreckigen Luft spürte ich, wie meine inneren Organe zusammenzuckten. Es war unaushaltbar. Ich konnte nicht mehr. Ich brauchte eine Auszeit. Ich musste einfach. Ich musste aufhören zu atmen.

Wird es mir dann besser gehen? Werden die Schmerzen mich dann endlich in Ruhe lassen?

Ich schloss meine Augen. Alles war schwarz. Also hörte ich auf zu atmen. Die Zeit verstrich. Die Schmerzen wurden weniger. Ganz leise. Mein Herz klopfte leichter gegen die Brust, es schlug immer langsamer.

Wird es irgendwann ganz aufhören? Wann wird es seinen letzten Schlag tun?

Meine Zungenspitze bewegte sich entlang der Zahnreihen, erst unten, dann oben. Sie war auf der Suche nach den letzten Sandkörnern, die sich noch in den Zwischenräumen meiner Zähne verborgen hielten.

Vor meinen Augen sah ich verschleierte Bilder. Es war, als ob Tücher sie verstecken wollten, sie verborgen hielten und ich sie erst zu sehen bekommen sollte, wenn ich wieder zu atmen beginnen würde. Erst waren die Tücher schwarz, dann änderten sie sich in verschiedene graue und weißliche Töne. Je heller die Farben der Tücher wurden, desto besser konnte ich das dahinter Verborgene erkennen. Als ich etwas Grünes aufblitzen sah, verfärbten sich auch die Tücher vor meinen geschlossenen Augen in unterschiedliche Schattierungen von Grün. Ich beobachtete, wie das saftige Grün sich in ein Himmelblau verwandelte, dann in ein helles Braun und sich letztendlich alle Farben miteinander vermischten. Ein wundervolles Farbenspiel, dem ich ewig hätte zusehen können. Immer wieder tauchten neue Farben auf, die ich zuvor noch nie gesehen hatte. Sie hüpften aufeinander zu, sie drehten Pirouetten und es sah so aus, als ob sie sich gegenseitig verständigen könnten, als ob sie miteinander sprachen. Die neuen gliederten sich problemlos ein und verschönerten das Farbenspiel vor meinem inneren Auge.

In meinem Kopf begann es zu stechen. Die Stiche machten mir die Sicht auf die Farben der Tücher unmöglich. Das schöne Farbenspiel war unterbrochen. Das Bunte in mir verschwand. Mit jedem Stich wurden es weniger Farben, bis es wieder schwarz in mir war, bis sich die eiserne Kälte, die Dunkelheit wieder in mir ausbreitete und mich nach unten zog. Es fühlte sich so an, als würde sich die Spitze eines Schwertes in meine Schläfen bohren. Die Stiche ließen meinen Körper innerlich zusammenzucken. Und meine Schmerzen tauchten wieder auf. Schlimmer als zuvor. Stärker als zuvor. Vor meinen Augen sah ich für einen kurzen Augenblick alles verschwommen.

Mein Magen krampfte sich zusammen. Ich musste mich hinknien. Ich würgte. Schmeckte wieder Blut in meinem Mund. Lehnte mich halb gegen die Wand. Vermochte nicht, vor ihrer rauhen Oberfläche zu flüchten. Ich musste mich einfach an sie lehnen, sonst wäre ich umgefallen. Ich würgte ein zweites Mal. Die Schmerzen, die das Zusammenkrampfen meines Magens und das darauffolgende Würgen mit sich brachten, hielt ich kaum mehr aus. Die Tränen in meinen Augen machten das Bild vor mir immer verschwommener. Bis ich kaum noch etwas sah und die Orientierung verlor. Meine Hand rutschte von der Wand ab und mit ihr rieselte etwas Sand herunter. Plötzlich wurde mein Kopf gegen die Wand geschleudert. Ich begann erneut zu würgen, bis mir schwarz vor Augen wurde. Ich würgte das Wenige, das noch in mir war, heraus. Dann fiel ich in mir zusammen. Mein Körper landete unsanft auf dem Boden.

Er kam auf der rechten Seite zum Liegen. Alle meine Muskeln krampften sich zusammen.

Mein Mund stand offen. Blut sammelte sich in der rechten Backe an, bis sie voll war. Tropfen für Tropfen rann aus mir heraus.

Ich spürte nichts mehr. Mein ganzer Körper fühlte sich taub an. Bis ich mich endlich traute, den ersten Atemzug zu machen. Ich war nicht mehr ganz bei mir. Alles widerfuhr mir, als wäre ich ferngesteuert. Ich plante nicht im Voraus, was ich tun könnte. Etwas passierte und mein Körper reagierte darauf.

Ich atmete also tief ein, hielt kurz inne, bis ich mich traute, die Luft wieder auszustoßen. Alles war wie zuvor. Meine Augen ließ ich geschlossen, da mir die Kraft für alles fehlte. Ich lag da und versuchte, die Schmerzen, die mir mit jedem Einantmen der dreckigen, verstaubten Luft in die Lunge fuhren, unter Kontrolle zu bekommen.

Ich versuchte, mich über meine Gedanken abzulenken.

Doch das erste, an das ich denken musste, war das Monster, das mich beobachtete.

Was es jetzt wohl von mir denkt? Wie fühlt es sich eigentlich an, die ganze Zeit beobachtet zu werden?

Keine schönen Gedanken, die mich ablenken, mich hätten retten können, denn es war bereits zu spät. Es war längst zu spät dafür, einen neuen Gedanken aufzunehmen. Zu spät, den schon begonnenen Gedankengang abzubrechen.

Es ist, als ob sich hinter mir ein Schatten versteckt hielte. Er schwebt immer um mich herum, um keinen Fehler in meinem Handeln zu verpassen. Ich kann nur seine penetrant aufgerissenen Augen sehen. In manchen Momenten treffen sich unser beider Augen, dann habe ich das Gefühl, ins Nichts zu blicken. In den Augen des Monsters ist eine Leere, die unbeschreiblich ist. Diese Leere würde nie gefüllt werden, selbst wenn es sich noch so oft über mich lustig machen würde und sich über meine Fehler freute. Diese Leere wird ihm immer bleiben.

Ich spüre, wie mein ganzer Körper von oben bis unten kalt wird und abermals erstarrt. Sie, die glotzenden Augen, erkennen schließlich jede Schwäche, die ich ihnen präsentiere, ergötzen sich an jeder Tat, die mir misslingt. Manchmal habe ich das Gefühl, dass das Monster mich besser kennt als ich mich selbst. Und sobald ich in irgendeiner Form einknicke, sobald ich auf irgendeine Art versage, fliegt es über mich hinweg, um mich auszulachen. Es bäumt sich auf und kneift hinterhältig seine sonst so riesigen Augen zusammen. Ein großer, roter, etwas schräg geschnittener Mund erscheint. Erst grinst er nur. Kein schönes, kein nettes Lächeln. Es ist ein abfälliges, herablassendes Grinsen. Und solange es seinen Mund zu diesem widerlichen Lachen aufreißt, sodass man so weit hineinsieht, dass man erkennt, was es zuvor gegessen hat, lachen seine Augen nicht mit. Man hat das Gefühl, als ob es zwei verschiedene Gestalten wären, die eine lacht, die andere nicht. Es folgt mir überall hin nach. Egal was ich tue, egal wo ich mich aufhalte. Da sind immer zwei Augen, die um mich herum schweben und mich sondieren. Sie sind immer da. Sie sehen mir zu, wenn ich schlafe. Sie beobachten mich beim Essen. Sie sehen alles.

Ich liege immer noch da, spüre die Kälte, die der Schatten ausstrahlt, und halte meine Augen geschlossen. Will ihm, dem Monster, nicht zusehen, wie es sich bereit macht, mich ein weiteres Mal auszulachen. Kann mir sehr gut vorstellen, dass es sich gerade über mir zum nächsten Angriff aufrichtet. Und siehe da: Ein paar Momente später dröhnt auch schon seine dumpfe, tiefe Stimme in meinen Ohren. Ich spüre, wie sich die Eiseskälte im ganzen Raum ausbreitet und bis ins Innere meines Körpers vordringt. Die Stimme, das Lachen des Monsters hört sich so real an, doch ich kann nie jemanden sehen, der neben mir auftaucht und mich auslacht. Also wird jetzt auch niemand neben mir erscheinen.

Ich bin umgeben von Schmerzen. Als wollten meine Schmerzen den Schatten besiegen. Sie verhalten sich so einnehmend, dass sie eine Art

Mauer um meinen Körper bilden. Und die lässt nichts Schlimmeres hinein, aber auch nichts Besseres. Meine Schmerzensmauer lässt keine schönen Gedanken, die mich wärmen und mir helfen könnten, die wahnsinnigen Schmerzen zu vergessen. Selbst die Sonnenstrahlen scheinen ausgesperrt zu sein. Nur ich und meine Schmerzen. Und genauso wenig wie irgendetwas zu mir und meinen Schmerzen eindringen kann, kann ich nach draußen. So fühle ich mich gezwungen, jeden einzelnen Schmerz zu untersuchen, woher er kommt und wie er zu stoppen sein könnte.

Bestimmt lag ich über Stunden so da. Ich merkte von Atemzug zu Atemzug, wie ich schwächer und schwächer wurde. Ich spürte, dass mir niemand helfen konnte, mein Körper musste das ganz allein schaffen. Doch bei jedem Stich, den mir mein Herz verpasste, wurde mein Lebenswille geringer. Als erstes war ich zu schwach, meine Augen offen zu halten, dann realisierte ich, dass mich die Erdanziehung nach unten zog. Mein Körper wurde immer schwerer und schwerer, bis er nicht mehr schwerer werden konnte und plötzlich, als ich glaubte, mein Schädel würde gleich von dem überwältigenden Druck zerspringen, wurde mein Körper ganz leicht. Der Übergang von unglaublich schwer zu federleicht fühlte sich so an, als ob einem der Boden unter den Füßen weggezogen werden würde. Der Übergang beförderte mich in einen befremdlichen Zustand von Schwerelosigkeit. Ich dachte, dass ich fallen würde und irgendwann wieder auf dem Boden aufkäme, aber dort, ganz unten zerfetzt werden würde. Da unten mein Leben verlieren würde.

Doch ich schlug nicht auf dem Boden auf, um wie Glas zu zerspringen, ich blieb in der Luft. Ich flog, ich schwebte. Vor meinen Augen tauchten verblichene, alte Bilder auf. Es wirkte so, als würden sie in weiter Ferne dahinschweben, genau wie ich. Immer näher flogen sie auf mich zu.

Jetzt befanden sie sich direkt vor meiner Nase, als ich meine Arme nach dem ersten Bild ausstreckte. Nichts tat mir weh. Es war, als ob ich keinen Schmerz kennen würde. Und das Lachen fiel mir auch nicht mehr schwer. Das Bild sah alt aus und die Farben waren verblichen, sie waren nicht mehr kräftig und bunt. Als ich es berührte, verfärbten sich die langweiligen, verblichenen Farben an der Stelle in neue, helle, fröhlich wirkende Farben. Die Stiche in meinem Herzen, die zuvor noch da gewesen waren, verwandelten sich in Sprünge. Nachdem ich das erste Bild fertig gemalt hatte, auf ihm war eine saftige, hellgrüne Wiese, im Hintergrund ein Wald zu sehen, sprangen jetzt auch meine Füße. Ich stand auf einer Wolke. Sie trug mich und barg mich fest in sich. Weich und luftig war sie. Federleicht schwebte sie mit mir durch den Himmel. An anderen Wolken vorbei, an anderen Bildern vorbei. Jetzt hüpften meine Füße von einer Wolke zur nächsten. Doch nicht nur meine Füße wollten das, auch ich wollte es, mein ganzer Körper war sich einig, mein ganzer Körper war eins.

Ich spielte mit dem Wind Fangen. Er gewann jedes Mal, doch ich überredete ihn immer wieder zu noch einer Runde. Wenn er mich gefangen hatte, pustete er mir warme Luft um die Ohren und meine Haare wehten nach hinten. Manchmal bat ich ihn darum, von unten zu pusten, damit meine Haare nach oben wehten und mich größer wirken ließen.

Mein Lachen war so ausgiebig wie nie zuvor.

Als ich die Augen öffnete, hatte ich wieder Kraft geschöpft. Durch meinen Schwächeanfall bin ich in ein tiefes Loch gefallen, doch meine Gedanken holten mich wieder heraus. Er, der Traum, machte mich glücklich. Sie, meine Gedanken, hatten die Mauer durchbrochen.

Was soll ich tun, wenn mein Magen knurrt, wenn mein Hals trocken ist?

Ich lag da, auf diesem einen Fleckchen Erde. Sehr überschaubar, doch ich wusste nicht, wo ich mich befand. Ich wusste, ich war hier, doch wo war es, das HIER?

Ich lag da, gestärkt durch meine Gedanken. Meine Schmerzen, die ich zuvor sehr stark gespürt hatte, wurden immer erträglicher.

Ich lag da und wusste nicht, was ich hier suchte. Es war ein einsamer, kalter Ort, doch es war mein Ort. Ein Ort, an dem ich einen Schlafplatz hatte. Ein Ort, an dem ich versuchte, ich selbst zu sein. Ein Ort, an dem ich meinen Bedürfnissen nachkommen musste. Ein Ort der Ruhe und der Gewalt.

Sobald die anderen Sorgen verzogen waren, tauchten wie Regentropfen am Horizont die alltäglichen Bedürfnisse auf und prasselten auf mich hernieder.

Es ist normal, den Hunger in sich zu spüren. Es ist normal, das Verlangen nach Wasser zu empfinden, doch ich zögerte all diese Gedanken an meine Bedürfnisse so lange wie nur möglich hinaus, da ich keine Lösung für sie finden konnte. Ich zögerte sie so weit hinaus, bis ich den Schmerz des Hungers nicht mehr wahrnahm.

Mir wurde schwummrig vor den Augen, in meinem Kopf begann sich alles zu drehen. Ich bemerkte, dass ich eine Grenze erreicht hatte, die ich nicht überschreiten konnte.

Im Halbschlaf lag ich am Boden, ohne jegliche Idee, was mir helfen könnte. Die Körner, auf denen ich lag, aß ich mittlerweile Tag täglich in mich hinein. Allerdings vermied ich es, den Sand mitzuessen. Denn er war definitiv nicht genießbar.

Auch das Verlangen nach Wasser wurde unaushaltbar. Ich wurde immer schwächer und mein Körper drohte jeden Tag mehr in sich zusammenzufallen. Meine Beine konnten mich, das Gerüst aus Knochen und Haut kaum mehr halten und drohten von Tag zu Tag mehr einzuknicken. Ich bewegte mich kaum mehr vorwärts. Der Raum schien, je schwächer ich wurde, immer größer zu werden. Die Strecken, die ich dagegen zurücklegte, wurden immer kürzer, und ich brauchte eine Ewigkeit für sie, doch sie schienen Kilometer lang zu sein.

Heute hatte ich mich überhaupt noch nicht fortbewegt und die Tage zuvor war ich nur kriechend und mit viel Anstrengung von einem Ort zum anderen gelangt. Es fiel mir schwer, überhaupt noch klar zu denken. Alles, was ich machte, jede Bewegung, die ich versuchte, fiel mir so schwer, dass ich mich kurz darauf wieder schlafen legen musste.

Ich hatte das Gefühl, dass in mir alles zusammenbrach, dass ich zusammenbrechen würde.

Was soll ich tun?

Soll ich darauf warten, bis ich endgültig sterbe, oder meine letzte Kraft, die ich noch habe, dafür verwenden, nicht zu sterben?

Doch wie? Wie sollte ich das anstellen? Wie sollte ich es schaffen?

Gibt es für mich überhaupt noch eine Chance, mich für das Leben zu entscheiden? Oder wurde bereits für mich entschieden?

Ich lag da, auf dem kalten Boden, meine Beine angewinkelt, meine Arme hielten sie fest umschlungen. Wie ein Stein zusammengekauert. Kalt. Still.

Es war die Position, die sich für mich am schmerzlosesten anfühlte. Zugleich war es die Position, die am wärmsten war und mir am wenigsten Kraft raubte. Ich hatte zuvor schon viele Schlafpositionen ausprobiert und sie alle paar Stunden, wenn ich das Gefühl hatte, wieder bei Kräften zu sein, gewechselt, doch bei jeder anderen spürte ich all meine Knochen. Ich hatte bei jeder anderen das Gefühl, dass meine Knochen bei der kleinsten Bewegung brechen oder zerspringen könnten. Doch in dieser Lage spürte ich nur wenig Unangenehmes. Es war nicht perfekt, aber eine Besserung.

Ich wusste, würde ich jetzt meine Augen schließen, würde ich nie mehr aufwachen. Ich würde für immer schlafen. Ich würde für immer träumen.

Ich wusste nicht, wovon ich träumen würde. Ich wusste nicht einmal mehr, ob ich die Kraft hätte, an irgendetwas zu denken.

Kann man träumen, wenn man tot ist? Ist der Tod vielleicht so etwas wie ein endloser Traum? Kannst du ihn lenken? Kannst du über deinen Traum bestimmen? Oder wird für dich bestimmt? Träumst du vielleicht sogar nur über die guten und schönen Dinge auf dieser Welt? Oder werden auch schlechte, schreckliche Gedanken mit in diese Traumwelt aufgenommen? Und wenn du Pech hast, bist du in einem Albtraum gefangen und kommst nicht mehr heraus, da du nie wieder aufwachst!

Ich war einfach zu schwach. So würde ich für immer liegen bleiben. Für immer träumen.

Ich würde nie wieder von diesen Körnern, auf denen ich teilweise lag, essen. Nie mehr müsste ich so eine Angst empfinden, wenn die Stimme durch den Lautsprecher ertönte. Es hätte seine Vor- und seine Nachteile.

Und als ich noch versuchte, diese zu ordnen, um herauszufinden, welche Seite überwiegt, wurde ich unterbrochen.

Ein Klicken hallte durch den ganzen Raum, der mir mittlerweile so groß wie ein Fußballfeld vorkam. Das Geräusch ging mir durch Mark und Bein. Es durchströmte meinen ganzen Körper, wie das Blut, das durch die Adern fließt. Mit einem Rattern, das mir Gänsehaut machte und mir Stromstöße versetzte, ging die Klappe, die oben an der Decke angebracht war, auf.

Einen halben Meter neben mir fiel ein länglicher Kanister herab. Ich brauchte nur meinen Arm auszustrecken und schon konnte ich ihn näher zu mir ziehen. Behutsam hob ich den Schraubverschluss ab und ließ ihn neben dem Kanister fallen. Meine Bewegung erfolgte in langsamster Zeitlupe und strengte mich so an, dass ich im nächsten Moment Angst hatte, auf ewig einzuschlafen.

Mein Körper sank zu Boden und rührte sich nicht mehr. Ich konnte nichts dagegen machen. Er hatte keine Kraft mehr. So sehr ich mich auch anstrengte, ich schaffte es nicht, über den Rand des Kanisters zu linsen. So sehr ich mich auch bemühte, meine Müdigkeit zu ignorieren, ich brauchte unbedingt etwas Stärkendes.

Mein Körper lag nun neben dem Behältnis. Nach einer kurzen Pause war meine linke, knochige Hand fähig, in die Öffnung mit Vorsicht hineinzugleiten. Meine Finger wurden mit etwas Kaltem benetzt.

Es war Wasser. Frisches Wasser.

Wasser! Wasser! Echtes Wasser!

Es rüttelte eine fast verblichene Erinnerung in mir wach. Ein kleiner Bach, umgeben von Steinen, überwachsen mit Moos, frisches Wasser plätscherte in kleinen Rinnsalen zwischen den Steinen hindurch.

Diese Abfolge von Bildern erhaschte einen Augenblick lang einen Platz in meinem Gehirn. Dann verschwanden sie wieder, so schnell, wie sie gekommen waren. Doch sie hinterließen ein Gefühl, ein Gefühl von vertrauter Umgebung, in der es fließendes, lebendiges Wasser gab. Wasser, ein Element, das mich am Leben erhalten, das mich wieder lebendig machen konnte.

Vor Freude richtete ich mich mit viel Bemühen auf, meine Finger hingen immer noch im Wasser. Ein paar sandige Körner kamen im Kanister auf dem Boden auf, dunkle Schlieren gingen von meinen dürren, mit Dreck überzogenen Fingern aus. Es war, als würde sich meine Haut abpellen. Darunter erschien eine rosige neue.

Ich zog meine linke Hand aus dem Wasser, damit es nicht noch mehr von dem Schmutz verunreinigt würde. Dann setzte ich meinen Mund an die Kante der Öffnung. Ich nahm den Kanister in beide Hände und kippte ihn ein wenig. Mit geschlossenen Augen trank ich gierig und lange von dem kühlen Wasser. Ich sog es regelrecht in mich hinein. Ich trank, ohne abzusetzen und ohne Luft zu holen. Das Wasser durchströmte meinen Körper. Ich spürte, wie die Kälte in mich hinein- und durch mich hindurchfloss, bis es meine Körpertemperatur angenommen hatte und ich seinen Weg durch meinen Körper nicht mehr verfolgen konnte.

In diesem Moment voller Glückseligkeit war ich ganz bei mir. Bei mir und dem Wasser. Mein Herz pochte im Takt meiner Schlücke. Mein Körper überkam eine Kraft, die ganz von innen ausging. Meinen Körper durchströmte eine Wärme, die ich noch nie zuvor in ihm erfahren hatte. Es war, als würde man von jemandem geliebt werden. Es war, als hätte ich mein ganzes Leben auf diesen einen Moment gewartet.

Als ich all das Wasser ausgetrunken hatte, hielt ich für einen Moment inne, dann setzte ich den Kanister ab. Es schmeckte so lecker, dass es mir nichts ausmachte, dass ein paar Dreckschlieren darin schwammen.

Mit einem Mal schien der Raum auf seine ursprüngliche Größe zurückzuschrumpfen.

Eine Stimme, die Stimme wieder, die Stimme des Mannes, die mich in jedem Moment verfolgte. Die Stimme, die mich auch in diesem Moment meines Lebens verfolgte, sie kam mir vor wie meine innere Stimme, die mir sagte, was ich zu tun hatte. Doch der einzige Unterschied war, dass ich diese Stimme nicht kontrollieren konnte. Jetzt ließ sie ihren rauhen Klang durch den Raum hallen:

"Es gibt noch mehr davon!"

Das waren die Worte, die aus seinem Mund geschossen kamen. Es schien, als wäre er selbst überrascht davon gewesen, dass er mir das mitteilte.

Oder war er vielleicht überrascht, dass jemand oder er den Lautsprecher angemacht hatte?

Normalerweise, wenn ich diese Stimme in meine Ohren zu hören bekam, beunruhigte sie mich. Das tat sie jetzt nicht. Jetzt munterte sie mich auf. Normalerweise, wenn sie zu mir sprach, ging sie mir noch Stunden lang nach. So auch diese Mal, doch nun war es nichts Schlechtes, was sie mit sich brachte.

Ich musste dringend aufs Klo. Ich ging also in die Ecke, in die ich immer ging. Mir tat es nicht mehr so weh beim Urinieren. Das Brennen und Ziehen hatte nachgelassen. Darüber war ich froh.

Eine Ecke weiter lagen zwei Zettel. Zwei weiße Zettel, auf die ich mich jetzt zubewegte. Sie mussten aus den zwei Lieferungen gefallen sein, anders konnte ich es mir nicht erklären.

Ich kniete mich zu ihnen herunter und faltete den ersten auf. Ich war gespannt, was drinstehen würde. Doch im nächsten Moment merkte ich, wie ich mir schon wieder Hoffnung machte. Ich fing an, Dinge zu erwarten, die womöglich nie erfüllt werden würden.

Einmal tief durchatmen, dann öffnen.

Eine Zahl.

Was bedeutet die 13? Habe ich etwas mit ihr zu tun? Wieso erkenne ich, dass das eine Dreizehn ist? Vielleicht bin ich jetzt 13 Tage hier? Oder 13 Monate?

Ich weiß es nicht, ich hatte jegliches Zeitgefühl verloren. Ich hatte keine Ahnung, wie lange ich schon hier war.

Eine Woche oder zwei oder vielleicht auch nur ein paar Tage?

Vielleicht bedeutet sie auch etwas ganz Anderes.

Ich musste nicht lange auf die Antwort auf meine Frage warten:

"Dein früheres Alter!"

Mein früheres Alter! Mein früheres Alter?

Was sollte das heißen "Dein früheres Alter"?!

Ich legte den Zettel beiseite und hob den anderen

vom Boden auf. Auf ihm stand eine 15 geschrieben. Beide Zahlen waren mit einer verschnörkelten Computerschrift geschrieben. Wie widerlich. Wie geschmacklos. Ich saß hier am Boden und fror, die Schmerzen waren kaum auszuhalten.

Die Stimme ertönte schon wieder. Dieses Mal freute ich mich auf sie, es war, als würdest du ein Geschenk öffnen und wüsstest nicht, was für eine Funktion es haben würde, doch sobald du es erfährst, findest du es einfach nur genial:

"Dein Alter!"

Doch diese Stimme klang nicht wie die von jemandem, der dir voller Freude erklärte, was es mit dem Geschenk auf sich hatte und schon gespannt auf deine Reaktion war. Obwohl du noch nicht weißt, worum es sich überhaupt handelt, freust du dich, weil sie vor Freude und Aufregung sprüht, und das überträgt sich auf dich. Diese Stimme ist kalt und monoton.

Also gut, ich bin *fünfzehn* Jahre alt. Und früher, wahrscheinlich, als ich das erste Mal aufgewacht bin, war ich dreizehn. *Dreizehn* Jahre alt.

Nun gab es zwei Möglichkeiten: Entweder war ich schon seit zwei Jahren hier und hangelte mich von Tag zu Tag, von Stunde zu Stunde und von Minute zu Minute. Immer am Überleben, doch jede weitere Stunde fühlte sich qualvoller als die vorherige an. Oder, was ich für wahrscheinlicher hielt, ich hatte nach meinem ersten Aufwachen und meinen ersten Stunden hier für ungefähr zwei Jahre geschlafen. Ich versuche mich daran zurück zu erinnern, was nach meinem ersten und dem zweiten Aufwachen geschehen war. Es echote in mir:

"Sie ist aufgewacht...- sie ist viel zu früh aufgewacht!"

"Jetzt bist du richtig aufgewacht!", hallte es laut in meinen Ohren.

Dann verstummte wieder alles um mich herum und in mir drin. Ich sah mich im ganzen Raum um, bis ich ein leises Piepsen zu hören glaubte. Mein Kopf schnellte mit einer ruckartigen Bewegung in die Richtung, aus der das Geräusch gekommen war. Aufmerksam lauschte ich und sah ganz genau hin. Da ertappte ich wieder die Maus, die mir meine

Körner wegfraß. Sie kam geradewegs auf mich zugelaufen.

Ihr Fell war gräulich und verklebt, ihre Stupsnase voller Matsch. Wie immer. Ich hatte sie hier schon oft gesehen. Sie kam immer aus demselben Loch und raubte mir meine Körner. Nach einiger Zeit verschwand sie dann wieder. Ich konnte sie nicht ausstehen, deshalb vesuchte ich, sie jedes Mal, wenn ich sie bemerkte, von mir wegzuscheuchen. Ich wollte ihr Angst einjagen. Entweder ich schrie sie an oder ich versuchte, sie mit meinem Fuß wegzukicken. Das konnte doch nicht sein, dass sie trotzdem immer wieder kam! Ich wollte doch nicht das wenige Essen, das mir ohnehin nicht reichte, an ein dreckiges Tier verlieren!

Außerdem kam sie immer in den unpassendsten Momenten. In Momenten, in denen es mir gut ging und ich es gerade geschafft hatte, wieder Hoffnung zu schöpfen. Eben war ich eine kleine Weile glücklich gewesen, da spazierte sie einfach so in mein Leben und machte mir meinen schönen Moment und meine sorgenfreien Gedanken zunichte! Sie sorgte dafür, dass es mir schlecht ging! Anscheinend war sie dafür zuständig, dass ich nicht mal mehr einen kleinen, glücklichen Augenblick genießen konnte. Wenn ich schon schlecht drauf war und alles hasste, was passierte – in diesen Zeiten hasste ich mich selbst am meisten – da tauchte diese kleine Spitzmaus auf und tat so, als wäre alles in bester Ordnung, als wäre es das Selbstverständlichste und das Normalste auf der Welt, sich in diesem kleinen Raum an fremdem Essen zu bedienen. Und dann ohne einen Mucks wieder zu verschwinden.

Und da tapste dieses dreckige Wollbündel so unschuldig wie immer auf mich zu und stibitzte sich direkt vor meiner Nase die letzten Körner. Ich mochte sie zwar nicht besonders, allerdings waren sie das Einzige, was ich zu essen hatte. Sie waren das Einzige, was mich am Leben hielt. Das machte die Situation nicht besser.

Als diese kleine, hinterhältige Maus den wieder geschrumpften Raum verlassen hatte und ich nun endgültig nichts mehr hatte, das mich überleben ließ, rastete ich aus. Ich konnte nicht anders, ich wusste, dass es nicht gut für mich war, da ich erst einen Schwächeanfall gehabt hatte, aber es ging nicht anders. Ich holte meinen Stein und warf ihn in die Ecke, aus der die Maus gekommen war. Ich wollte ihr Leben so zerstören, wie sie meines zerstörte. Ich buddelte und buddelte. Ihr bislang benutzter kleiner Tunnel sollte so groß werden, dass sie nicht mehr hochkommen konnte. Sollte sie doch immer wieder abrutschen an den steilen Wänden und dann da unten verkümmern! Der Gedanke, sie leiden zu sehen, trieb mich an, immer weiter zu machen. Das Loch noch tiefer und noch breiter zu graben.

Schweiß tropfte mir von der Stirn, meine Arme und Beine waren von einer zweiten Schicht Dreck und Erde beschmutzt.

In dem Moment kickte ich mit meiner letzten Kraft gegen die Erdwand neben mir.

Mein Fuß blieb darin stecken. Mein Herz blieb stehen. Mir stockte der Atem. So schnell, wie es mir möglich war, zog ich meinen Fuß wieder aus der Erdwand heraus, die jetzt in sich zusammensackte. Automatisch trat ich ein paar Schritte zurück. Ich knallte gegen die gegenüberliegende Seite der Wand. Ein Tunnel war zu sehen.

Wohin führt dieser Tunnel? Sollte ich nachsehen? Sollte ich wirklich etwas tun, bei dem ich nicht weiß, was als nächstes passieren würde, von dem ich nicht weiß, was die Folgen wären?

Im ersten Moment wollte ich am liebsten schreiend davonrennen.

Doch was habe ich denn zu verlieren?

Ich könnte verhungern und niemand außer diesem Mann aus dem Lautsprecher, dessen letzte Worte "Es gibt noch mehr davon!" waren, würde Notiz davon nehmen.

Bin ich nicht schon längst tot?

Ich war doch schon nicht mehr am Leben. All die Tage, die ich bis jetzt hier war, hatte ich bis auf ein paar wenige Momente nie richtig gelebt. Ich fühlte mich tot. Ich fühlte mich leer und kalt. Mir fehlten die Worte dafür. Wenn ich mich daran zurück erinnerte, überwog das Schlechte. Es war so vieles passiert, dass ich das Gefühl hatte, es nie in meinem Leben verarbeiten zu können. Ich träumte fast jede Nacht davon. Träumte von einem Wald, in dem ich mich frei fühlte, in dem ich machen konnte, was ich wollte. Doch dann blieb ich stehen, alles um mich herum war zugewachsen, und ich fand keinen Ausgang mehr. Ich war gefangen. Und in dem Moment, da ich dachte, dass es nicht mehr schlimmer werden könnte, ertönte wieder die Stimme, die Stimme des Mannes. Erst fragte sie, wie es mir gehe, als ob er sich jemals um mich gesorgt hätte. Ich hatte Recht, niemals würde er sich um mich Sorgen machen. Auf die Frage und meine Reaktion folgte ein Lachen. Herablassend. Demütigend.

Da wachte ich auf. Schweißgebadet. Hilflos.

Und wenn ich nicht nachts die Erlebnisse der letzten Tage verarbeitete, dann zerbrach ich mir tagsüber den Kopf darüber.

Vielleicht ist dieser Schritt in den Tunnel ein Schritt in ein neues Leben?

Meine Augen schlossen sich wie von selbst. Meine Lunge füllte sich mit der stickigen Luft, die ich gleich kennengelernt hatte, als ich hier aufwachte. Vielleicht kann ich das hinter mir lassen, vielleicht fängt nun ein neues Leben für mich an, vielleicht war das das letzte Mal, dass ich den dichten Geruch dieser stickigen Luft einatmen musste. Bei dem Gedanken an etwas Neues fing mein Herz an vor Aufregung und Neugierde zu klopfen. Mein Körper sank auf die Knie. Meine Augen öffneten sich.

Ich spähte durch den langen Gang, doch ich konnte kein Ende erkennen. Es war dunkel. Es war finster. Es war unheimlich. Es war etwas Neues! Ein Tunnel in ein neues Leben. Ein Tunnel in mein neues Leben.

Vielleicht.

Meine Hoffnung stieg. Wie schön wäre es doch, mit dem Tunnel nach draußen zu gelangen, nach draußen in meine Traumwelt, in eine Welt voll satter Blumenwiesen und duftender, erfrischender Wälder, mit einem blauen Himmel über mir. Die Bilder aus dem Traum kehrten in mein Gedächtnis zurück, und es erschien automatisch ein Lächeln auf meinem Gesicht. Es füllte meine Lippen aus, und hätte mich jemand so gesehen, hätte ihn die Sehnsucht, die ich in meinem Körper trug, sofort erfasst, eine unzähmbare Energie, die sich wie ein

Wasserstrom in mir ausbreitete. Es war, als würde Energie in mir frei werden, von der ich nicht einmal mehr wusste, dass ich sie je hatte. Als diese dann von einer Sekunde auf die nächste durch meinen Körper fuhr, hatte ich das Gefühl, dass eine mit Sprudelwasser geschüttelte Flasche geöffnet wurde und sich durch mich hindurch ergoss.

Alles fühlte sich so aufregend an. Ich war so glücklich, dass ich für einen Moment den Raum vergaß. Bald schon könnte ich frei sein!

Doch da gab es noch eine Sache. Denn ich *könnte* bald frei sein. Das *könnte* mein letzter Atemzug in dieser Luft sein.

Gibt es überhaupt Orte auf der Welt mit duftenden Blumenwiesen und hellblauem, von der Sonne erleuchteten Himmel? Bringt es mir überhaupt etwas, auf solche Orte zu warten? Sie hinter dem Tunnel zu erwarten? Oder hab ich mir diese Welt nur in meinem Kopf erschaffen?

Diese Hoffnung auf ein neues Leben überredete mich, in den Tunnel hineinzugehen. Ich hätte es nicht ausgehalten, diese mögliche Chance zu verpassen. Denn wenn ich eines wusste, dann war es das, dass es schlimmer nicht mehr werden konnte. Und selbst, wenn ich in dem dunklen Tunnel sterben würde, an diesem Ort hier war ich bereits tot.

Tagelanges Warten. Warten mit Tränen in den Augen. Auf etwas warten, das man nicht kennt. Nicht wissen, worauf man überhaupt wartet. Vielleicht habe ich genau auf diesen Tunnel gewartet und jetzt, wo er da ist, sollte ich ihn einfach ignorieren?

Also fing ich an, mir den Eingang mit meinen Händen frei zu schaufeln, damit ich hindurchpasste. Ich krabbelte auf allen Vieren die ersten Meter in den Gang hinein.

Um mich herum wurde es immer düsterer und dunkler. Und je tiefer ich hinein ging, desto weniger Licht fiel aus meinem Raum in den Tunnel. Meine Hände vor mir wurden immer unkenntlicher. Nach einiger Zeit wurden sie eins mit der Dunkelheit, die mich umhüllte und mich zu verschlucken schien. Meine Schultern schmerzten nach einiger Zeit, nicht anders meine Knie. Meine Arme konnten den Oberkörper kaum mehr halten.

Es war alles so unwirklich. Vielleicht führte der Gang ja auch nirgendwo hin. Meine Hoffnung auf ein neues Leben, auf eine Veränderung wurde immer geringer.

Ich verfluchte mich. Wieso konnte ich nur denken, dass es etwas Besseres gäbe als den Tod in meinem Zimmer? Schließlich war es mein Tod hier, in diesem Tunnel brachte ich mich selbst um und in meinem Zimmer hatte ich wenigstens die Chance, mich mit meinem Tod anzufreunden, ich hatte es nur noch nicht versucht. Ich war sicher, hätte ich es versucht, wäre alles nur halb so schlimm.

Ich spürte, wie alles beengter um meine Brust herum wurde. Ich bekam nur noch schwer Luft und realisierte erst jetzt, dass ich nicht mehr zurück konnte. Umdrehen konnte ich mich nicht, ich konnte nichts weiter tun, als mich durch den Gang zu robben. In meinem Zimmer war es ja schon eng, doch das hier war nochmal was ganz Anderes. Wenn ich nach oben schauen wollte, lief ich Gefahr, mir den Kopf anzustoßen, meine Schultern berührten stetig die Wände rechts und links.

Ich war noch nicht sehr weit gelaufen, das ohnehin schwache Licht aus meinem Zimmer war nur noch als Punkt erkennbar, da drehte ich mich um. Meine Arme waren so dürr und schwach, dass sie eine Pause brauchten.

Sie knickten ein.

Jetzt lag ich auf dem Bauch und atmete ruhig vor mich hin. Die Erde um mich herum war kalt und nicht sehr fest. Bei jedem Schritt, den ich vorwärts krabbelte, rieselte etwas von der Erde über mir auf Kopf oder Rücken. Wenn mein Kopf an der Decke anschlug, zuckte ich zusammen, da ich Angst hatte, die Decke würde über mir einbrechen und ich mich verschütten. Oder alles bräche hinter mir ein und ich würde nie wieder zurückkommen. Dann hätte ich nicht einmal mehr die Option zurückzukehren.

Nicht dass ich zurück will, aber wo sollte ich denn sonst hin?

Ich wusste schließlich nicht, wohin dieser Gang führte.

Was soll ich tun, wenn es Abzweigungen gibt?

Was soll ich tun, wenn er mich im Kreis herumführt? Was soll ich machen, wenn es niemals endet?

Das waren alles Fragen, die ich mir stellte, als ich mitten im Gang auf dem Boden lag. Sie schossen mir durch den Kopf wie Blitze durch die Nacht, und ich konnte nicht verstehen, dass ich an so etwas nicht früher gedacht hatte. Wie konnte ich nur so viel Hoffnung darauf setzen? Ich habe nur das Gute gesehen und den Rest ausgeblendet. Ich hasste mich dafür. Ich versuchte mich zu entspannen, ich versuchte mich auszuruhen und neue Kräfte zu sammeln, doch diese Fragen zermürbten mich regelrecht.

Ich kniff fest die Augen zusammen, um den Fragen zu entkommen und sie auszublenden. Ich ließ sie so lange geschlossen, bis ich eingeschlafen war. Ich brauchte das jetzt einfach. Ich konnte mich an keinen Traum erinnern, alles in mir war schwarz, genauso schwarz wie die Welt um mich herum, wie meine Welt eben war.

Nun rappelte ich mich erneut auf, um den Gang weiter entlang zu krabbeln. Ich war einige Meter vorangekommen, da stieß ich meine Stirn gegen eine Wand. Ich hielt kurz inne, dann drehte ich mich nach links und bewegte mich etwas vorwärts. Nichts geschah. Ich kroch noch zwei Beinlängen weiter. Mein Kopf stieß ein zweites Mal gegen die Erdwand. Ich drehte mich nach rechts. Sofort stieß ich auch hier gegen eine Wand. Ich drehte mich nach links. Wieder berührte mein Kopf eine Wand. Mein Körper kroch zwei Beinlängen rückwärts, dann konnte ich in den Teil abbiegen, aus dem ich gekommen war und mich nach rechts drehen. Ich krabbelte weiter. Nichts geschah. Ich hielt inne. Noch eine Knielänge weiter. Nichts geschah. Jetzt hielt ich erneut inne. Nach einigen Wiederholungen bewegte ich mich wie zuvor, ohne zu stoppen.

Nach ungefähr derselben Strecke, die ich vor der Abbiegung zurückgelegt hatte, tapsten meine dreckigen Hände und Füße wie ein schmuddeliger, unschuldiger Hund in einen wundervollen, sauber geputzten Palast hinein. Mit sauber meine ich nicht, dass er poliert gewesen wäre, doch er wirkte auf mich wundervoll. Als ich meinen Kopf in den Nacken legte, erblickte ich über mir eine Kuppel aus Steinen, wie manche Kirchen sie haben.

Stalaktiten hingen von der Decke und fanden ihr Gegenstück, die Stalagmiten am Boden auf rauhen Felsen wieder.

Ungefähr in der Mitte des Raums befand sich ein kleiner See, der von einem riesigen Felsbrocken abgegrenzt wurde.

Vor meinen Augen reinstes Wasser. Es funkelte darin und glitzerte. Mein Ebenbild spiegelte sich darin. Ich beobachtete, wie meine rechte Hand mit Vorsicht meine verfilzten Haare berührte und sie zögerlich aus meinem Gesicht strich. Ich hatte es zuvor noch nie so genau betrachtet. Mein Gesicht hatte eine leicht längliche Form, die Augen waren grün und es war, wie ich fand, ein glänzendes, wunderschön glitzerndes Grün. Meine Haut war eingefallen, sodass meine Wangenknochen hervorstachen. Ich sah mager und viel zu dünn aus. Ich strich mit meinen Händen weiter nach unten. Bis zu meinem Bauch. Ich strich über das lockere T-Shirt, das an mir sackartig herunterhing. Es sah fast so aus, als würde es jeden Moment herunterfallen, da meine Knochen es nicht halten konnten. Als ich das Shirt an meinem Körper glatt strich, zeichneten sich meine Rippen darunter ab. Ich konnte jede einzelne von ihnen zählen. Meine Fingerspitzen glitten über die kleinen Hubbel nach unten zu meinen Beckenknochen. Dann weiter zu meinen Oberschenkelknochen und den Knien. An meinen Unterschenkeln meinte ich blaue Flecken unter der Dreckschicht zu erkennen. Ich war klapperdürr. Doch ich betrachtete mich gerne. Schließlich war es mein Körper.

Ein leises Rauschen strömte durch meine Ohren, da ein kleiner Fluss von rechts in den See mündete und auf der anderen Seite wieder abfloss. Ich war ja durch einen Tunnel hierher gekommen und ich fragte mich, ob wohl durch diesen früher auch einmal Wasser gelaufen ist, da die beiden Tunnel sich ähnelten.

Ich setzte mich an den Rand des Felsens und ließ meine Füße hineinhängen. Sie baumelten im frischen Wasser und die kalte Temperatur ließ mich ruhiger werden. Ließ mich ganz bei mir sein. Müde von all der Anstrengung fielen mir die Augen zu. Endlich fühlte ich mich angekommen und an einem sicheren Ort. Mein Körper legte sich sanft zurück auf den genauso sandigen Boden, wie er auch in meinem Zimmer vorzufinden war. Und nach ein bisschen beruhigendem Hin- und Herbaumeln der Füße versank ich ganz in meine Traumwelt.

Meine Traumwelt

Ich versank in meine Traumwelt. Sie verschluckte mich förmlich. Sie nahm mich in ihren Besitz, und ich schenkte ihr meine volle Aufmerksamkeit. Ich lauschte ihr und ihren Geschichten. Ich gehörte ihr, doch sie nutzte das nicht aus, stattdessen beschenkte sie mich mit einem Traum.

Als ich einschlief, tauchte vor meinem inneren Auge eine Person auf. Sie trug ein weißes Kleid, das von gelben Schlieren überzogen war. Wenn es im Wind wehte, sah es aus, als würde sich das Kleid in Wellen verwandeln. Wellen, die frei und wild waren, die so sein durften, wie sie sein wollten. Das Mädchen drehte mir den Rücken zu, doch ich konnte spüren, dass sie glücklich war. Ihre langen durchgekämmten Haare flogen im Wind und schimmerten im Schein der Sonne. Es war, als würden sie aus Gold bestehen. Als die Windrichtung sich änderte, drehte das Mädchen sich in meine Richtung. Von vorne sah sie noch viel schöner aus. Sie sah aus - sie sah aus wie ich!

Soviel hatte sie mit mir gemeinsam: Die Statur, die Gesichtszüge, doch sie war so anders, nichts an ihr war dreckig, sie hatte keine verfilzten Haare, bei ihr war alles viel schöner, viel schöner als bei mir. Alles an ihr funkelte und blitzte, alles an ihr war bezaubernd. Doch an mir war nichts schön.

Da fingen ihre Beine an zu laufen. Mitten durch die Wiese. Sie wurde immer schneller und schneller, ihr Kleid wurde länger und länger. Es flatterte ihr hinterher und breitete sich über die ganze Wiese aus. Würde mir jetzt jemand zusehen, würde ich lächeln. Ich war so glücklich, dass ich alles um mich herum vergaß. Manche Menschen sind glücklich, wenn ihre Mannschaft gewinnt, ob es Fußball, Hockey oder Basketball ist, sie sind glücklich, andere sind glücklich bei einer guten Note, bei einem Aufstieg in ihrem Job oder wenn sie ein vierblättriges Kleeblatt gefunden haben. Es gibt so viele verschiedene Momente, die einen glücklich machen. Es gibt so viele verschiedene Arten glücklich zu sein. Es gibt das Glücklichsein, das länger andauert, und eines, das nur einen Moment lang anhält. Ich war in dem Moment glücklich, wenn ich träumte. Ich liebte es zu träumen und das alles seit diesem einen Traum. Die neu entdeckte Traumwelt, die immer in den Momenten auftauchte, in denen ich glücklich war, machte mein Leben dort noch besser. In Momenten, in denen ich nicht mehr dachte, dass es noch besser sein könnte, überraschte mich diese neu entdeckte innere Welt in mir jedes mal von Neuem.

Ich konnte nicht aufhören, diesem Mädchen zuzusehen: Sie war so hübsch und fröhlich, ausgelassen und frei. Genau das Gegenteil von mir und doch war das ich. Wir hatten nichts gemeinsam, doch waren wir die dieselbe Person. Meine Traumwelt zeigte mir mich selbst, wie ich sein kann, vielleicht auch, wie ich eines Tages sein werde. Zudem fühlte ich mich nicht mehr so einsam, schließlich hatte ich nun jemanden, mit dem ich mich unterhalten konnte, natürlich nur, wenn ich träumte, dem ich zusehen konnte und den ich mochte. Viel mehr als mich. Es war merkwürdig, mein Ich in diesem Traumbild mehr zu mögen als mich selbst.

Auf der Suche nach mir

Als ich meine Augen wieder öffnete, zitterte mein ganzer Körper vor Rührung. Es war beeindruckend, mich so zu sehen. Mit zitternenden Gliedmaßen begann ich mich aufzurichten und betrachtete weiterhin mein Spiegelbild im Wasser. Meine Füße, die bis jetzt im Wasser gebaumelt hatten, sahen jetzt so aus wie die Füße in meinem Traum. Befreit von Schmutz. Sie sahen so klar aus, so wundervoll. Doch mein restlicher Körper, vom Kopf bis hin zu meinen Beinen, war einfach nur abstoßend und mit einer Dreckschicht überzogen. Und auch innerlich fühlte ich mich so dreckig. Ich war wütend auf mich selbst, dass ich so aussehen musste. Mein ganzer Körper juckte von dem Dreck. Als würden tausende Tiere auf mir leben. Ich fing an, mich mit meinen langen Fingernägeln zu kratzen, bis meine Haut ganz wund wurde. Was ich vorher als schön empfunden hatte, war jetzt abstoßend und eklig.

Ich konnte mir nicht länger zusehen, wie ich all den

Dreck von der Haut abkratzte. Also sprang ich ins Wasser, um mein Spiegelbild nicht länger betrachten zu müssen. Ich wollte mich nie wieder so sehen, nie wieder etwas Derartiges ansehen müssen. Im Wasser kratzte ich mich weiter. Ein paar rote Schlieren gingen von meinem Körper aus und schlängelten sich durch die Flüssigkeit, die meinen gesamten Körper umschloss. Die Schlieren verliehen dem Wasser an der Stelle einen leicht rötlichen Ton, bis sie endlich weggespült wurden und die Rotfärbung sich fast unmerklich auflöste. Je sauberer ich wurde, desto mehr hatte ich das Gefühl, eins mit dem erfrischenden Nass zu werden. Und selbst als mein Körper von dem meisten Dreck befreit war, wurde das Wasser nicht dreckig, es war so sauber wie zuvor, du hattest das Gefühl, bis zum Grund hinunterschauen zu können.

Da ich nicht schwimmen konnte, musste ich mich an einem Felsen festhalten. Ich wollte so gerne schwimmen lernen, doch ich wusste nicht wie. Ich versuchte, mich am Rand fortzubewegen. Doch mein Kopf tauchte immer wieder unter Wasser. Ich hatte Angst zu ertrinken. Deshalb hielt ich mich dann so schnell wie nur möglich wieder am Gestein fest.

In dem Moment tauchte mein Kopf erneut unter. Ich suchte mit meinen beiden Händen über der Oberfläche nach einem Halt, aber die kantigen Felsen waren nicht zu ertasten. Meine Hände griffen ins Leere. Mein Atem stockte. Ich wollte einatmen, doch es ging nicht. Meine Lunge füllte sich mit Wasser. Mein Herz pochte immer schneller und schneller. Meine Augen öffneten sich. Alles passierte wie in Zeitlupe, zumindest kam es mir so vor. Ich konnte meine verfilzten Haare sehen, sie schwebten mit jeder ruckartigen Bewegung, mit der ich um mein Leben kämpfte, um mich herum. Immer wieder stießen meine Hände durch die Wasseroberfläche nach oben, doch ich kriegte den rauhen Felsblock nicht zu fassen. Mein Brustkorb zog sich zusammen.

Ich konnte nicht mehr. Ich hatte keine Kraft mehr. Keine Luft mehr. Ich konnte nicht mehr denken.

Mein Körper wehrte sich nicht mehr gegen das Wasser, das mich umgab. Es war zu spät. Ich sah das Wasser nicht mehr als meinen Gegner an, es trug mich und ich ließ mich mit ihm mitreißen, ließ mich treiben. Ein paar Strähnen legten sich um meinen Kopf, als wollten sie mich beschützen und einhüllen, doch im nächsten Moment, bei der nächsten sanften Bewegung des Wassers waren sie wieder aus dem Gesicht gestrichen. Neue Haare kamen, alte gingen, neue kamen, alte gingen.

Trotz der Ruhe, die mir das Wasser vermittelte, fühlte ich Verzweiflung in mir aufsteigen und die Trauer, die mich überkam, als ich sah, wie mein Leben an mir vorbeizog. Es ging alles ganz schnell, doch ich spürte, wie sich die Bedeutung der Bilder, Szenen und Worte in mich wie in Zeitlupe einprägte. Manche Worte versuchte ich unter Wasser laut nachzusprechen.

In meinem Kopf stand ich an einem Bahnhof. Ein Zug nach dem anderen hielt. Der eine war länger, der andere kürzer. Die meisten fuhren an mir vorbei. Sie zeigten mein Leben. Sie zeigten mein Leben hinter Gittern. Sie ließen mich das gleiche fühlen, wie damals gefühlt hatte. Sie ließen mich die gleichen Gedanken haben, die mir damals durch den Kopf gegangen waren, als ich es wirklich erlebt hatte. Sie ließen mich das schmecken und das riechen, was ich in dem Moment gerochen und geschmeckt hatte. Manche der damaligen Gerüche konnte ich genau schmecken, andere roch ich. Manches verdrehte ich, manches veränderte sich. Die Züge, die an mir vorbeifuhren, trugen Erlebnisse in sich, die nicht so wichtig waren oder Probleme, die schnell vorbeizogen. Doch die, die anhielten, hatten mir etwas zu sagen oder zeigten mir Szenen aus meinem Leben, die ich nie wieder sehen wollte.

Es ist eine Sache, die Dinge zu erleben, doch es ist eine andere sich selbst dabei zuzusehen. Es quält dich, wenn du dich so verzweifelt in deinem eigenen Leben, in deiner eigenen Welt siehst. Du würdest plötzlich alles anders machen, du hast das Gefühl, jetzt alle Fehler zu sehen. Und doch weißt du, dass deine Entscheidungen, deine Handlungen in dem Augenblick die richtigen gewesen sind. Du machst dir Vorwürfe, doch du kannst nichts mehr davon ändern, du kannst in der Zukunft vielleicht versuchen, es besser zu machen, doch Vergangenheit ist Vergangenheit, es ist geschehen, es ist schon passiert und lässt sich nicht mehr ändern. Und doch weißt du, dass, wenn du versuchst, es in Zukunft besser zu machen und dir dann bei deinem Handeln, bei deinen Worten, die du dir sagst, zusehen und zuhören würdest, hättest du wieder das Gefühl, alles falsch gemacht zu haben und jetzt alles anders machen zu wollen. Es ist ein Teufelskreis, dem nur schwer zu entrinnen ist.

Ich hasste mich dafür, dass es das Wasser schaffte, mich gegen mich selbst aufzubringen. Es hatte es geschafft, mich selbst zu hassen.

Wie kann das gehen!?

Es ist einerseits so stark, so mächtig, so zart und einfühlsam, und andererseits hat es eine so große Macht über dich, es kann dich zum Weinen bringen, es kann dich dazu bringen, dich selbst mehr als alles andere zu hassen, es kann dein bester Freund und dein größter Feind zugleich sein.

Meine Augen tränten. Ich weinte. Und meine Tränen vermischten sich mit dem kühler gewordenen Nass um mich herum. Sie wurden eins.

Oder bin ich diejenige, die an Temperatur verloren hat?

Ich wusste es nicht und ich würde es wahrscheinlich auch nie erfahren.

Das Wasser glitt durch meine Finger, so sehr ich auch versuchte, es zu greifen, es festzuhalten, es entwischte mir jedes Mal aufs Neue. Ich konnte mich nicht an ihm festhalten.

Ein weiterer Zug fuhr an mir vorbei. Die Züge spielten mein Leben rückwärts ab. Auf diesem war ich zu sehen, wie ich das erste Mal in diesem stickigen muffigen Raum aufwachte.

Es war wie eine Zeitreise durch mein Leben, alles fühlte sich so echt an, so als würde ich es eben erst erleben.

Eine Zeitlang war kein Zug mehr zu hören und zu sehen.

Dann hielt einer direkt vor meiner Nase. Ein Mann stieg aus. Er kam mir bekannt vor, doch ich erkannte ihn nicht. Ich konnte mich nicht entscheiden, ob ich ihn schon einmal gesehen hatte oder nicht. Ich bildete mir ein, dass ich ihn wohl mit jemand anderem verwechseln musste.

Doch mit wem?

Auch diese Frage konnte ich mir nicht beantworten.

Er kam auf mich zu, sagte jedoch nichts. Schließlich blieb er direkt vor mir stehen. Ich sah nur noch seine Faust auf mich zukommen. Je näher sie meinem Gesicht kam, desto größer wirkte sie. Ich hatte keine Zeit mehr, mich wegzudrehen. Sie prallte auf. Mir wurde schwarz vor Augen, rote Rinnsale flossen aus meinen Augen und durch sie hindurch, als ich sie das vermutlich letzte Mal öffnete. Ich spürte, wie ich in mir zusammensackte, wie ich mich gegen nichts mehr wehren konnte. Mein Hinterkopf prallte gegen irgendetwas, und kurze Zeit später fiel mein ganzer Körper zu Boden.

Kein Zug kam mehr. Nichts geschah mehr. Niemand kam, um mir zu helfen. Ich hatte das Gefühl, dass die Zeit angehalten war.

War die Zeitreise jetzt vorbei? War mein Leben vorbei?

Meine Füße berührten den Grund. Er war genauso

sandig, wie in meinem Zimmer. Die einzelnen Sandkörner kitzelten mich zwischen den Zehen. Meine Beine winkelten sich an. Die Füße stießen sich vom Grund des Wassers ab. Mit letzter Kraft suchten meine Hände nach einem Halt. Sie berührten den Rand des Gesteins und zogen mich hoch. Ich überlegte nicht mehr, was ich tat. Das konnte ich gar nicht mehr. Dazu war ich in diesem Moment nicht in der Lage. Ich weiß nur noch, dass ich nach kurzer Zeit auf dem Boden neben dem See lag. Ich lag da. Kalt war mir. Nass war ich. Husten musste ich.

Ich hustete all das Wasser aus meiner Lunge heraus, das ich zuvor eingeatmet hatte. Dann schlief ich ein.

Ich träumte von Dingen, die mir in der Zukunft vielleicht widerfahren könnten. Es waren gute und schlechte, schöne und schreckliche, traurige und lustige Situationen. Erlebnisse, die ich so schnell nicht vergessen kann.

Ein Traum nach dem anderen. Der eine Traum brach ab, ein neuer begann. Zwischendrin ein kurzes, verwirrtes und müdes Aufwachen.

In meinem letzten Traum stand ich auf einem Platz, umgeben von der großen weiten Welt. Umgeben vom Nichts, von einer großen Leere. Mein Körper drehte sich um sich selbst, doch erkennen konnte ich nichts. Ich stand da und wartete. Langsam entstand die Welt um mich herum. Es war dasselbe Feld, dieselbe Wiese, die auch in meinem letzten Traum da war, doch damals war ich nicht da gewesen, damals war nur mein geträumtes Ich dabei. Jetzt stand ich hier allein auf dieser Wiese, ich sah so weit in die Ferne, bis ich die Landschaft nicht mehr erkennen konnte. Ein paar Blumen wuchsen vor meinen Füßen. Ich kniete mich zu ihnen nieder, um mit ihnen auf Augenhöhe zu sein. Ihre Farben waren so kraftvoll, ihre Strukturen so zart, so ausgeprägt und fein. Ich weinte vor Rührung. Eine Träne, die mir über die Wange lief, wurde von einer Blume mit einer hellen lilafarbenen Blüte aufgefangen. Als mir die Träne über die Wange lief, kitzelte sie auf meiner Haut. Das Kribbeln brachte mich zum Lachen.

Ich weiß nicht genau, ob es wirklich die Träne war, die mich laut auflachen ließ, oder allein das Gefühl der Neugeburt, eines Anfangs und der Freiheit und für die Schönheit der Natur. Es war alles so vollkommen, so fantastisch unglaublich. Ich fühlte mich wie in einer verwunschenen Zauberwelt, in der es nichts Schlechtes gab, kein Übel auf dieser Welt. Und die Menschen wussten das tatsächlich zu schätzen.

Die Menschen dort trampelten nicht auch nur auf einer Blume herum, da sie jede einzelne Blume, jedes noch so kleine Lebewesen so schätzten, wie sie oder es war. Sie schützten sie nicht allein, weil sie wussten, dass es in dieser Welt ohnehin genügend davon gab. Nein. Sie wichen ihnen sogar mit Freude aus. Es lebten kaum Menschen dort, jeder war mehr oder weniger für sich und es gab keinen Streit. Und dennoch war jeder für jeden da, wenn jemand Hilfe brauchte. Doch im Verständnis aller waren die anderen nicht dafür da, sich mit ihnen zu unterhalten oder etwas mit ihnen zu erleben. Es war sehr deutlich, dass diese Welt nur in einem selbst existierte.

Sie war dafür da, dich selbst zu finden. Denn sie spiegelte dein Inneres wieder. Genau das war es, wofür Träume da sind. Sie zeigen dir, wie es in dir aussieht. Sie lassen dich all das fühlen, was du sonst nie zeigen würdest. Sie lassen dich so, wie du bist, sie verändern niemanden zu dem Menschen, der er sein sollte, sondern zu dem Menschen, der er ist. Sie, die Welt, verfolgt dich dein ganzes Leben. Mal ist sie mehr für dich da und besucht dich mehrmals am Tag, mal lässt sie sich wochenlang nicht blicken, doch du weißt, dass du nie im Stich gelassen wirst, du weißt, dass sie immer für dich da sein wird.

Die Suche nach dir ist ein Prozess, der dein ganzes Leben lang dauert.

Zurück in die Wirklichkeit

Man wird oft von sich selbst überrascht.

Ich richtete mich auf und hustete. Das Husten ließ mich zurück an die Zeit im Wasser denken. Ich stand jetzt davor. Ich wusste, ich musste meine Angst bekämpfen. Das Gefühl, umgeben zu sein von diesem klaren, reinen Wasser war das Schönste, was ich je erlebt hatte. Ich wollte das nicht verlieren.

Nicht das auch noch!

Doch was sollte ich überhaupt vermissen?

Ich wusste doch gar nicht, was mir alles fehlte. Und trotzdem spürte ich, dass mir etwas fehlte. Es war ein schreckliches Gefühl. Du spürst dieses Loch, diese Leere in dir.

Doch wie willst du sie ausfüllen?

Wieso sollte ich jetzt meine Angst überwinden?

Ich könnte erst hoch in mein Zimmer gehen und dann morgen oder übermorgen wieder hierher zurückkommen.

Warum gibt es da ein Problem?

Ich sah mich oben ankommen. Als erstes würde ich prüfen, ob alles noch in Ordnung war, dann mich in eine Ecke setzen. Ich dachte daran, ob ich das Schwimmen nicht doch noch einmal versuchen sollte.

Sollte ich nicht doch noch einmal herunter zum Wasser gehen und meine Angst überwinden?

Außerdem verspürte ich Durst. Er wurde langsam so stark, dass ich nicht anders konnte, als aufzustehen und durch den langen Gang nach oben zu robben. Mein Mund war so trocken...

Wieso hatte ich es nicht schon früher probiert?

Selbst wenn ich dem Wasser ausweichen würde, es hatte etwas an sich, was mich immer wieder zu ihm führen würde.

Mein großer rechter Zeh berührte vorsichtig die Wasseroberfläche.

Ich schloss meine Augen und eine Episode von Bildern durchspülte meinen Kopf. Ich sah mich, wie ich im Wasser um mein Leben kämpfte. Beinahe hätte ich es geschafft, doch eine Faust schlug mich mitten ins Gesicht. Ich wurde bewusstlos. Riss meine Augen wieder auf.

Wirklichkeit und Traum verschwammen miteinander und wurden eins.

Mir war schwindelig. Im nächsten Moment umgab das Wasser meinen ganzen Körper. Ich machte eine ruckartige Bewegung nach oben und ertastete das Ufer, an dem ich mich hochzog. Meine Lunge füllte sich mit Luft. Ich atmete mehrmals tief ein und aus. Überlegte, ob ich raus gehen sollte. Entschied mich aber für das Gegenteil.

Ich blieb noch lange drin. Sehr lange.

Nach einiger Zeit der Gewöhnung ans Wasser legte ich meinen Kopf seitlich auf die Oberfläche. Als ich meinen Mund öffnete, füllte er sich halb mit Wasser. Ich schluckte. Es schmeckte vorzüglich. Ich schluckte wieder und wieder.

Das Wasser schaukelte mich wie in Trance. Ich sah ihm zu. Hörte ihm zu. Konnte es fühlen. Ich konnte fühlen, was es fühlte. Mein Körper wurde eins mit seinen Wellen.

Als ich wieder oben in meinem Zimmer ankam, hatte ich noch nasse Haare. Ich sah mich um, alles war wie immer. Ich war nicht unausgeglichen oder schlecht gelaunt. Ich fand es schön, wieder hier zu sein. Ich nahm ein paar Schritte Anlauf und sprang dann in die Luft. Mein rechtes Bein voran, mein linkes hinterher. Mein Sprung vereinte sich mit meinem Herzen, beide sprangen im gleichen Takt. Ich konnte nicht mehr aufhören, immer kunstvoller in die Luft zu springen. Es gab mir eine Kraft, es gab mir etwas, das mir zuvor noch nichts bedeutet hatte. Es war, als hätte mir genau das gefehlt. Ich bin mir nicht sicher, ob diese Sprünge das Loch in mir füllen konnten, vielleicht wenigstens für eine gewisse Zeit.

Nach den Sprüngen quer durch den Raum, bei denen ich das Gefühl hatte fliegen zu können, weil sie mich das Fliegen lehrten, drehte ich mich. Ich begann, mich auf einem Fuß zu drehen, ganz aufgerichtet auf den Zehenspitzen. Danach auf beiden Füßen, hob ich das eine Bein hoch in die Lüfte und immer höher. Mein Gesicht strahlte, meine Augen tränten vor Freude und Erleichterung. Das war Freiheit. Mit der Zeit hatte ich das Gefühl, die Flügel würden meinen ganzen Körper bedecken. Ich streckte Arme und Hände gen Decke und tanzte wie das Wasser. Es war noch in mir und lehrte mich seine Bewegungen, es zeigte mir, wie ich fühlte. Es ließ meinen Körper durch den Raum gleiten, erst leicht und ruhig. Dann ließ es mich langsam im Kreis drehen, mich auf Zehenspitzen durch den Raum schweben, mal schneller mal langsamer. Immer im Takt zur Melodie in mir, zu meinem Herzschlag. Schließlich ließ mich die Melodie zu Boden gleiten, meine Augen schließen und meine Hände über den sandigen Untergrund streichen.

Dann wurde die Musik wieder schneller, sie wurde wilder, sie wurde zackiger. Mit einem Ruck sprang ich vom Boden auf, hoch hinaus in die Lüfte, ließ mich wieder zu Boden fallen, mich hin knien, dann meine Arme wieder in die Luft jagen. Wieder und wieder. In kurzen Ruhephasen lag mein Körper am Boden, er bewegte sich teilweise gar nicht oder nur einzelne Gliedmaßen, alles zum Takt der inneren Musik. Manchmal kickten meine Beine Bälle durch das Zimmer oder stampften auf den Boden. Hände, Arme, Beine, Füße, sie alle malten Wellen und verrückte Wirbelstürme in die Luft und ließen mich fühlen, wie stürmisch das Meer mitten im großen Ozean sein musste.

Am Anfang meines Liedes schwamm ich noch in dem kleinen See, mittlerweile war ich in einem großen, weiten Meer angelangt. Ich war dort angekommen und schwamm langsam wieder zurück ans Ufer, um dann wieder in meinem kleinen See und letztendlich in meinem Zimmer zu landen. Mein Tanz wurde langsamer und gelassener, die Riesensprünge verwandelten sich in ein schmales Getrippel. Die großen, ausgefallenen, weiten Bewegungen wurden leichter und sanfter. Bis ich erschöpft zu Boden glitt. Mein Körper lag da, und ich machte die Augen zu und schlief ein. Auch im Traum verfolgte mich das beruhigende Rauschen des Wassers. Dieses mal sah ich keine Bilder, sondern hörte einfach nur dem Wasser zu.

Wenn man in die Wirklichkeit zurückkehrt, tauchen viele Fragen auf, denn die Wirklichkeit, in der ich lebte, bestand am Ende nur aus Fragen, die ich beantwortet haben wollte, obwohl ich wusste, dass ich es doch nie schaffen würde, auf alle eine Antwort zu finden.

Die Welt vor meinem Tod

Als ich wieder aufwachte, erfasste mich eine andere Seite der Wirklichkeit. Gedanken fluteten meine Sinne und ließen mich in eine Achterbahn der Gefühle gleiten.

Es gibt viele Formen der Wirklichkeit. Eine habe ich gestern erfahren, eine andere jetzt.

Ich wurde hineingeworfen in ein nacktes Durcheinander von Gefühlen und Gedanken.

Wieso bin ich hier, wieso niemand anderes?

Keine Frage, ich wünschte niemandem, hier zu sein. Ich wünschte niemandem, das zu durchleben, was ich gerade durchlebte, was ich schon durchlebt hatte, das alles, was kein Ende nahm. Ich wünschte niemandem, in so einer Unsicherheit zu leben. Ich wurde aus etwas herausgerissen. Wie man einen Baum entwurzelt, war ich aus meinem Leben herausgerissen worden. Sobald ich meine Augen schloss, sah ich diese Gestalt, die mir mit ihrer Faust ins Gesicht schlug. Als ich wieder aufwachte, lag ich hier. Völlig erschöpft und ohne jegliche Erinnerungen. Doch ich wusste, da gab es etwas davor.

Doch was, was für ein Leben ich damals geführt hatte, das weiß ich nicht!

Wenn ich meine Augen schloss, kam es mir so vor, als konnte ich dieses Leben für einen sehr kurzen Moment greifen. Doch sobald es meine zarten, zerbrechlichen Finger berührte, rutschte es mir schon wieder weg. Es entglitt mir. Meine Erinnerungen entglitten mir. Mein Leben entglitt mir. Wenn ich die Augen öffnete, konnte ich mich nicht mehr daran erinnern, nicht mehr an das Gefühl und nicht mehr an die Gedanken, die wie ein Blitz durch meinen Kopf gejagt waren, nicht mehr an die Erinnerungen, die mich zu meinem alten Ich geführt hatten. Alles war weg. Ich hatte wieder alles verloren und mein Körper fühlte sich noch müder und leerer an als zuvor.

Wo bin ich für diesen einen Moment, an welchem Ort auf dieser Welt? Welche Menschen sind da? Menschen, die mich mochten? Menschen die ich gern hatte? Menschen, die ich geschätzt habe, genau wie sie mich? Menschen, die für mich da waren? Menschen, die mich berühren konnten? Die mich umarmt haben, die mich gehalten haben? Die mich festhielten, wenn mein Leben aus den Fugen geriet, so wie es mir jetzt zwischen den Fingern hindurch rinnt?

Ich sehnte mich nach körperlicher Nähe. Wer war da, der mich unterstützte, wer war es, der mich hielt, der mich wärmte, der meine Tränen auffing? Der mich von innen säuberte, mir den Dreck von meinem Körper wusch?

Allein. Einsam. Kalt. Traurig.

Tränen, die mir über das Gesicht kullerten.

Das war ich. Das war es, was mich gerade ausmachte.

Meine Augen fielen zu. Diesmal träumte ich nicht von einer schönen, unberührten, reinen Welt. Meine Doppelgängerin sah mich an. Sie verzog ihr Gesicht. Dann lachte sie. Sie lachte laut und immer lauter. Lachte mich aus. Sie drehte sich um. Blickte in einen Spiegel. Sah sich an. Realisierte, dass sie das war. Sie sah so aus wie ich. Abgemagert, allein, tot.

Sie stand da, im Stich gelassen von ihrer einstigen

Schönheit. Ein hasserfüllter Blick verzerrte jetzt ihre Miene. Ich konnte den Tod in ihr sehen. Meine Doppelgängerin war tot. Ich war tot. Gänsehaut breitete sich auf meinem ganzen Körper aus.

Ich erwachte voller Scham und meine Haut war von Schweiß bedeckt. Ich fragte mich, wer in mir Spuren hinterlassen hatte. Wer glaubte an mich, an mich, die Versagerin, an mich, die Tote, an den leeren Menschen, der in meiner Haut steckte, der mich ganz und gar einnahm, der sich bei mir eingeschlichen hatte.

Wer hatte mich beeinflusst in dem, was ich einmal war?

Es waren Spuren, die erloschen und bereits vor langer Zeit verschwunden waren, aus meinem Körper, aus meiner Seele, aus meinem Geist. Spuren, die aus meinen Gedanken gelöscht worden waren. Spuren, die mir entglitten waren, die von mir abgefallen waren, wie das Winterfell mancher Tiere im Frühjahr. Doch ich konnte nirgendwo Spuren entdecken. Offensichtlich waren sie von einer Sekunde auf die andere einfach nicht mehr da. Sie hatten sich in Luft aufgelöst und ein

Loch in mir hinterlassen, was man nicht ausfüllen konnte. Stattdessen hatte sich dort all das Schlechte eingenistet. Die Leere, die sich von Tag zu Tag mehr in mir ausdehnte und die das anfangs kleine Loch immer größer werden ließ. Mittlerweile spürte ich einen Krater in mir. Er verschluckte all das Gute, das noch in mir vorhanden war. Jeder schöne Gedanke fiel dort hinein. Stürzte in eine dunkle Tiefe, aus der er nie mehr herausfand. Dort unten wandelte er sich dann in einen schrecklichen Gedanken um und bescherte mir grässliche Albträume, die mich jede Nacht aufs Neue heimsuchten. Dieser Krater des Übels konnte nie mehr zugeschüttet werden, das wusste ich. Mir würde es nie mehr so gut gehen wie zuvor, bevor ich tot war.

Spuren, die mich an andere Menschen erinnerten, solche gab es schon lange nicht mehr. Sie waren im wahrsten Sinne spurlos verschwunden, es gab keine Kopie, die mich an sie erinnern konnten, an sie und die Gefühle, die bei diesem Gedanken mitschwangen. Die Gedanken, die mir einst ein Lächeln auf mein kahles Gesicht zauberten, gab es nicht mehr. Sie waren kein Teil mehr von mir.

Genauso wie ich kein Teil mehr von ihnen war.

Die einzige Möglichkeit, die mir blieb, bestand darin, neue Erinnerungen zu schaffen. Neues zu erleben, was mir wichtig war, was mich gelegentlich zum Lachen brachte.

Die Wahrheit der Wirklichkeit ist, dass sie alles sein kann. Sie kann dich umbringen, sie kann dich ebenso glücklich machen. Und das Schöne an ihr ist, dass du noch viel glücklicher bist, wenn sie dir hilft, zufriedener zu sein. Jeden Tag erlebst du eine neue Form der Wirklichkeit.

Weiterleben

Weiterleben. Wann? Wie?

Welche Fragen werde ich mir noch stellen? Wird mein Leben aus der Wirklichkeit bestehen? Oder werde ich in die Welt der Träume abtauchen? Dorthin verschwinden. Bis ich dort gefangen bin. Bis ich die Wirklichkeit nicht mehr kenne. Nicht mehr weiß, wer sie ist. Bis ich mich selbst nicht mehr kenne. Nicht mehr weiß, wer ich bin, wie ich aussehe. Nicht mehr weiß, wie ich meine Glieder bewege. Wie meine Gedanken ablaufen. Wie alles mit der Zeit um mich herum verschwimmt. Verschwindet.

Meine Stimme mich ersticken lässt. Mich verschluckt, so dass ich nie mehr etwas sagen werde. Nie mehr etwas sagen kann. Kein Ton mehr aus meinem Mund kommt. Nichts mehr in mir entsteht. Ich für immer schweige. Ich mein Leben verschweige. Ich mich verschweige. Ich verschwiegen werde. Ich werde nur mehr zuhören. Alles in mich reinfressen. Keine Antworten mehr geben. Bis ich sterbe.

Doch wann wird der Tod mich erlösen?

Weiterleben. Weiterleben bis wann? Wie lang noch wird mein Leben an mir vorbeiziehen? Wie lang wird es von außen beeinflusst? Wie lang werde ich gelenkt? Wie lang? Wie lang? Wie lang?

Wann kommt der Tag, an dem ich erblinde? Ich taub werde? Ich nichts mehr um mich herum verstehe?

Weiterleben. Getrieben werden von dem vielen Nichts, das um mich herumschwebt.

Was will ich noch erfahren, was ist mir wichtig? Sollte ich das überhaupt weiter denken? Mir weiter überlegen, was ich noch machen könnte? Hat das überhaupt einen Sinn?

In meinem Leben würde ohnehin nichts Spannendes mehr passieren. Mit einer Außnahme. Meinem Tod.

Mein Leben. Mein Leben, es wird begleitet von kalter Gewalt, die immer mitschwingen wird.

Ist es nicht schon längst geschehen? Ist der Moment nicht schon längst gekommen?

Manchmal. Manchmal berühre ich meinen Körper, um zu spüren, ob ich noch am Leben bin.

Doch sicher bin ich mir da nie.

Bin das wirklich ich, der Mensch, den ich da berühre oder nur eine Hülle, meine Hülle? Ich kann schließlich mein Inneres nicht berühren, meine Gefühle nicht ertasten, nicht ergreifen. Sie sind da, sie kommen aus mir heraus, sind in mir. Sie leben in mir und lassen meinen Körper lebendig erscheinen. Werde ich durch sie lebendig?

All dieses Fragen. Leises Fragen, das in mir entsteht, doch nie laut ausgesprochen wird. Ich würde am liebsten auf einer freien Wiese stehen und all diese Fragen laut in die Luft schreien.

In mir entstehen immer mehr davon. Erst sind sie ganz leise und wachsen kaum merklich heran, bis sie ausgesprochen werden wollen, und alle auf einmal aus mir herausplatzen.

Doch wann wird das passieren? Werde ich da noch leben? Werden meine Fragen irgendwann beantwortet werden? Bin ich da schon tot? Oder werde ich erst im Tod von ihnen erlöst?

Weiterleben. Weiterleben mit Tränen in den

Augen, in meinen Augen. Tränen, die mir Tag um Tag die Wangen hinunterlaufen.

Ist das das Leben, das ich haben möchte? Kann man sich überhaupt für eines entscheiden?

Soll ich mich erlösen? Erlösen von all den Fragen?

Weiterleben. Träge. Schlaff am Boden liegend. Geschafft von allem. Von den Fragen. Von mir selbst.

Weiterleben. Am Boden kriechend und dabei nichts mehr unter Kontrolle haben. Mich nicht mehr unter Kontrolle haben. Mein Leben nicht mehr unter Kontrolle haben.

Weiterleben? Wie? Zitternd? Allein gelassen? Hilflos?

Wann kommt das Ende?

Gesteuert von all meinen unbeantworteten Fragen rannte ich gegen die Wand. Mein Körper prallte immer wieder auf. Mein Kopf stach und hämmerte von Aufprall zu Aufprall mehr. Er pochte. In meinen Knochen breitete sich ein dumpfer, anhaltender Schmerz aus. Ich rannte gewollt immer wieder gegen die Wand. Ich konnte nicht anders. Ich spürte den Schmerz, doch ich freute mich, wenn er stärker wurde. Ich kannte mein Ziel, der Tod rückte näher. Er wurde greifbar. Ich konzentrierte mich ganz darauf, mir immer mehr Schmerzen zuzufügen. Immer wieder gegen die Wand rennen. Immer wieder gegen die Wand rennen. Nach jedem Aufprall rappelte ich mich erneut auf.

Noch einmal. Noch einmal. Nur noch einmal gegen die Wand rennen. Den Aufprall auf deinem ganzen Körper spüren. Fühlen, wie alles immer mehr nachgibt. Wie meine Knochen keine Chance gegen die Wand haben. Spüren wie meine Kraft immer geringer wird. Ich immer schwächer werde. Bis dann hoffentlich der Moment kommt, an dem ich mich tot am Boden liegend sehe.

Mich sehen. Die Wand vor meinen Augen sehen. Mich sehen, wie ich gegen sie laufe. Immer und immer wieder. Die Bilder werden immer verschwommerner. Immer mehr sich mit meinem Tod vereinen. Bis sie eins werden und mich verschlucken. Mich in diesen Wirbelsturm ziehen. Erst meine Beine vom Boden weggerissen werden, dann mein ganzer Körper auf dem Boden aufprallt. Mein Kopf ausgeschaltet wird. Ich am Boden dahinschlittere. Entlanggezogen werde, bis der Wirbelsturm meine Beine, meine Arme, meinen Kopf, einfach alles, was zu mir gehört, verschluckt.

Ich nicht mehr weiß, was ich tue. Keine Frage mehr meinen Kopf durchströmt. Mich alle in Ruhe lassen. Doch ich bin noch nicht fertig. Noch nicht fertig mit mir. Noch nicht fertig mit dieser Welt.

Noch einmal aufstehen. Noch einmal Anlauf nehmen. Noch einmal immer schneller werden. Noch einmal gestoppt werden. Noch einmal den Aufprall erleben. Noch einmal sich nicht mehr halten können. Noch ein letztes Mal zu Boden sacken. Bis ich wieder aufpralle, am Boden liege, alles um mich herum keinen Sinn mehr ergibt. Ich nicht mehr gegen mich selbst ankomme. Ich merke, dass ich zu stark bin. Ich sollte es einmal noch versuchen. Jedoch ... ich bin zu schwach, um ein wiederholtes Mal aufzustehen und alles von vorne zu beginnen.

Daliegen. Kaputt. Lautlos. Neben mir. Sich selbst immer wieder verschwommen gegen die Wand rennen sehen. Es werden drei, es werden vier, es werden fünf Anläufe gegen die Wand. Alle bin ich. Ihnen zusehen. Nicht mehr wissen, was die Wirklichkeit ist. Nicht mehr wissen, wer ich bin. Merken, wie neue Fragen heranwachsen. Merken, wie mir alles zuviel wird. Merken, wie ein schriller, piepsender Ton in meinen Ohren, in meinem Kopf entsteht, bis er alle Fragen übertönt. Bis ich keine von ihnen mehr hören kann. Doch der Ton ist schlimmer. Er zerstört mich innerlich. Merken, wie die Erdanziehungskraft mich nach unten zieht, keine Kraft mehr da ist, um gegen sie anzukämpfen. Und der Schlaf dich letztendlich von allem erlöst.

Wann dann?

Aufwachen. Aufwachen mit nur einer Frage.

Wann dann?

Ich möchte sie laut aussprechen. Laut herausschreien. Die Frage loswerden, sie von mir abschütteln. Sie an andere Menschen abgeben. Die für mich entscheiden. Die mir all das abnehmen. Die mir meine Gedanken abnehmen.

Tränen. Tränen strömen aus meinen Augen. Neue Tränen. Meine Tränen. Leise Tränen.

Ich habe mich nicht geändert. Kaum merklich kullern sie über mein Gesicht. Bis sie auf den Boden fallen, der Kloß in meinem Hals aufgelöst wird und ich wie davor still am Boden liege. Ich mich nach unten auf den Weg zum Wasser mache. Alles, ohne etwas zu sagen. Ohne auf die Fragen zu achten, die in mir entstehen. Alles ignorieren, was mit Gefühlen zu tun hat. Mich ignorieren. Meinen Körper ignorieren.

Merken, dass die Sonne immer seltener scheint, dass die Blätter heruntersegeln. Sehen, wie mein

Leben immer mehr zu Grunde geht. Immer sinnloser wird. Nicht wissen, woher die verwelkten Blätter kommen. Nicht wissen, woher mein Leben kommt. Nichts wissen. Doch auch nichts in Frage stellen. Alles an mir vorbeiziehen lassen. Mein Leben an mir vorbeiziehen lassen. Die Welt an mir vorbeiziehen lassen.

Sehen, wie die Blätter herunter fallen. Durch die Luft wirbeln, bis sie am Boden ankommen. Es kommt mir so vor, als ob jedes Blatt einen Teil von mir in sich tragen würde, einen Teil von meinem Leben. Sobald ein Teil von mir sinnlos und nutzlos wird, segelt es herunter, kommt unten an und verrottet über die Zeit. Es verschwindet. Wird aus meinem Leben gestrichen. Lässt mich in Ruhe. Oder es fehlt mir. Da es Erinnerungen sind, die verblassen. Kaum merklich, trotzdem weiß ich, sie sind weg. Sie werden nie mehr zurückkommen. Ich fühle mich immer leerer. Versuche die Leere mit Tränen auszufüllen. Sie aus mir herauszuweinen. Ganz still und leise. Träne für Träne. Nichts geschehen lassen. Alles über mich ergehen lassen. Allem hilflos ausgeliefert sein. Gegen nichts ankämpfen. Die Zeit verstreichen lassen.

Die Minuten, die Stunden, die Tage, die Wochen an mir vorbeiziehen lassen.

Warten auf den nächsten Ausraster. Warten, bis sich alles immer mehr zuspitzt. Bis das Leben, bis mein Leben versiegt. Ich nicht mehr kann.

Warten, bis eine leise Melodie in mir heranwächst. Bis auch sie laut ausgesprochen werden will. Ich sie leise anfange vor mich hin zu summen. Es sind leise, traurige Molltöne, die meine Stimmung widerspiegeln.

Eine Gestimmtheit, die seit mehreren Wochen in mir steckt. Sie bleibt in mir, bis sich zu viel angesammelt hat und alles zusammen aus mir herausplatzt.

Die Zeit vergehen lassen. Das Monster sehen, das mich besucht. Einmal, zweimal, dreimal. Alles akzeptieren, sein Lachen, seine Grimassen, seine Sprüche. Seine Kommentare zu meinem Zustand. Alles über mich ergehen lassen.

Nichts und niemandem ausweichen. Keinen Fragen. Keinen Erlebnissen. Keinem Albtraum.

Mir zusehen, wie ich daliege.

Halb offene, halb geschlossene Augen. Müde

Augen. Schlaff am Boden liegender Körper. Kraftlose Gliedmaßen. Das bin ich, das ist mein Körper.

Und die Frage bleibt unbeantwortet.

Wann dann?

Und mit ihr bilden sich weitere, ebenfalls unbeantwortete Fragen.

Wann werde ich dann sterben, mein Körper schlaff am Boden liegen, so wie jetzt, mit dem Unterschied, ohne dass noch Leben in mir stecken würde.

Wann werden die Tränen aufhören zu fließen?

Wann werde ich ausgelöscht werden?

Wann wird die Kraft, am Leben zu bleiben, endgültig verbraucht sein?

Wann werde ich, wann mein Körper aufhören können zu kämpfen?

Wann darf ich ihn verlassen?

Die Antwort lautet: *Dann! Doch wann ist dann?!*

Die stille Qual der Trauer

Fertig von allem, von allem, was um mich herum passiert. Fertig von allem, was mit mir passiert. Ich bin traurig darüber. Tagelang liefen mir die Tränen über meine Wangen. Ich weine, obwohl ich keine Ahnung habe warum.

Vielleicht um mein Leben, die Tatsache dass ich noch am Leben bin? Vielleicht aber auch, weil ich mich so allein gelassen, so im Stich gelassen fühle und nicht einmal mehr weiß, wer ich bin!

Oder ich trauere schon im voraus um mich, schon bevor ich überhaupt tot bin, da niemand um mich trauern wird, wenn ich dann wirklich gestorben bin.

Ich meine, es gibt die, die immer das Opfer sind, die, die immer und überall helfen, du findest auch die, die kämpfen, die, die siegen, die, die verlieren, die, die schweigen, du findest sie alle auf dieser Welt. Und da bin dann noch ich. Ich weiß nicht, wer ich bin, ich weiß nicht, wo ich bin, ich weiß nicht einmal mehr, ob ich lebe.

Ich versuche von Tag zu Tag aufs Neue, meine

Gefühle zu erklären. Doch je mehr ich darüber nachdenke, desto einsamer fühle ich mich, desto mehr entferne ich mich von mir, die Verwirrung nimmt immer mehr zu. Ich kann es nicht mehr kontrollieren. Es ist ein Selbstläufer, als ob man einen Blinden durch einen Dschungel jagt. Er rennt gegen jeden Baum, stolpert über jede Wurzel, über jeden Stein, sogar über seine eigenen Füße, verfängt sich in jeder Schlingpflanze, verläuft sich, findet den Ausgang nicht mehr, denkt, er würde geradeaus laufen, doch läuft er kreuz und quer durch den Dschungel, fügt sich Verletzungen, Schürfwunden, Prellungen und Platzwunden zu.

Ich kann nicht mehr weinen. Es ist, als ob ich so lange geweint hätte, bis keine Tränen mehr da sind, bis mir auch das weggenommen wurde, bis ich dann in eine Stille, unerreichbare Trauer gefallen bin. Ich spüre den Kloß in meinem Hals, doch keine Träne ist mehr da, die ihn auflösen könnte. Mir liegen die Tränen in meinen Augen, doch ich bin zu traurig, zu erschöpft, um weiter zu weinen. Meine Augen fühlen sich trocken an und brennen. Selbst durch mein ständiges Augenzwinkern kann ich sie nicht befeuchten, es ist unmöglich, es scheint mir nicht wahr zu sein.

Ist das die Wirklichkeit, in der ich lebe?

Gibt es in dieser Wirklichkeit überhaupt das Gefühl, nichts zu spüren, und doch so traurig zu sein, so tief in der Trauer zu stecken, dass nicht einmal mehr eine Träne das Tageslicht erblickt und über meine Wange kullert?

In meinem Kopf existiert immer nur dieser eine Satz. Er wiederholt sich immer und immer wieder. Er lässt mich da liegen und nichts tun.

Die Bilder der Unwirklichkeit blitzen in meinen Augen immer und immer wieder auf, wie ein Hoffnungsschimmer am dunklen Horizont der so weit entfernt scheinenden Wirklichkeit.

Versuchen?

Versuch es! Versuch es, das sag ich mir immer wieder. Entweder spricht die Stimme in meinem Kopf zu mir oder ich spreche es laut aus. So dass es jeder hören kann, so dass der Mann es hören kann, so dass auch ich es hören kann. Ich darauf reagiere, als hätte jemand Fremdes zu mir gesprochen. Mich darauf hinweist, am Leben zu bleiben, es noch einmal zu versuchen.

Versuch es! Versuch es! Versuch es!

Gib nicht auf! Gib dich nicht auf! Versuch es, weiter zu leben! Versuch es, nicht aufzugeben, versuch es, dein Leben nicht aufzugeben!

Wie oft soll ich mir das noch anhören, wie lange halte ich das noch aus?

Doch warum, warum das Ganze?

Mich hält nichts mehr fest, das Leben hält mich nicht mehr fest, keine Menschen, die mich zurückhalten, keine Erinnerungen, keine Erlebnisse, an denen ich mich festhalten könnte. Nichts an diesem Ort ist mehr sicher, ich bin an diesem Ort nicht mehr sicher, nichts ist hier, was mir etwas bedeutet. Die Dinge, die ich neu kennenlerne, sie frischen mich auf, entzünden einen Funken in mir, der schon nach kurzer Zeit wieder erlischt.

Also frage ich nun: *Wozu das Ganze, wozu das Leben, wozu am Leben sein, wenn man nicht lebt, wenn der Tod viel besser wäre, wenn der Tod mehr Vorteile hätte als das Leben?*

Wozu das ständige, das stetig sich wiederholende Aufraffen, das Ordnen meiner Gedanken, das Zurechtrücken meines Körpers, wenn ich weiß, wie die Welt danach aussehen wird?

Dunkel. Grau. Verlassen. Ohne Leben.

Sie wird erlöschen, sie wird aus den Fugen geraten, ins Tal der Sorgen, des Leidens, des Hungers rutschen. Nach jedem Verlust ein Stückchen mehr, nach jeder Niederlage meines Körpers, meiner Gefühle, meiner Gedanken. Das Leben wird mir immer mehr entgleiten, es festhalten zu wollen wäre sinnlos, es wäre tödlich. Bis nichts mehr von ihm übrig ist.

Bis nichts mehr von mir übrig ist.

Ich weiß es!

Ich weiß, dass mein Leben mich verfolgt. Ich kann nichts dagegen tun. Soweit ich auch renne, sooft ich es auch versuche, das Leben aus meinem Körper zu jagen. Es kommt immer wieder zurück.

Ich weiß auch, dass ich noch Versuche starten werde. Ich werde weiterhin nicht aufgeben. Ich kann nicht aufgeben, ich kann nicht kampflos aufgeben, ich kann nicht kampflos in den Tod gehen. Ich muss das Leben erst besiegt haben. Ich weiß zwar noch nicht, wie oft ich es noch versuchen werde. Vielleicht noch einmal, nur um danach einzusehen, dass es nie klappen würde oder noch fünfmal, da ich es danach erst verstanden habe. Aber vielleicht brauche ich auch zehnmal, um es zu verstehen.

Ich denke immer, dass ich eine Ahnung davon habe, was ich will und was ich nicht will, ich denke auch, dass ich alles weiß, doch so ist es nicht. Je mehr ich darüber nachdenke, je mehr ich über mein Leben nachdenke, desto weniger weiß ich, was mir wirklich wichtig ist. Und ich bemerke immer mehr, dass ich mich selbst am wenigsten kenne, ich habe keine Ahnung von mir. Doch dann suche ich mir wieder einen Ausweg, nicht darüber nachdenken zu müssen. Und ich versuche, mich erneut umzubringen. Warscheinlich wird das jetzt auch wieder der nächste Schritt sein. Ich finde keinen Ausweg.

Ich möchte nicht realisieren, ich möchte einfach nicht wahrhaben, dass ich nichts über mich weiß. Die ständige Versuchung mich umzubringen, unter dem Vorwand, dass das alles hier so schlimm ist, hält mich am Leben. Klar, es ist hier schrecklich. Aber ich glaube, ich könnte es aushalten. Doch was ich nicht aushalten kann, was ich nicht ertrage, das bin ich, mich selbst kann ich nicht ertragen. Ich bin der Grund für meinen Tod. Ich möchte mich umbringen, weil ich nicht weiß, wer ich wirklich bin.

Wenn ich mich ansehe, habe ich das Gefühl, einer fremden Person gegenüber zu stehen. Wenn ich mich reden höre, kommt es mir so vor, als würde jemand anderes zu mir sprechen, doch ich kann nicht antworten, da ich keine Stimme habe.

Ich habe das Gefühl, dass ich in einem anderen Körper stecke, ich habe das Gefühl, dass ich mich zu sehr verändert habe, als dass ich mich je wieder sehen oder wieder hören könnte.

Und wenn ich versuche, mich umzubringen, dann stehe ich neben mir. Es ist, als ob mein wirkliches Ich neben mir säße und mir zusähe. Ich füge mir unaushaltbare Schmerzen zu, doch ich kann sie aushalten, da ich nur zusehe. Ich weiß nicht, in wessen Willen ich handle. Ich weiß nicht, ob es mein wirkliches Ich ist oder ob es die Person ist, in dessen Körper ich lebe.

Ich weiß über die schlechten Dinge Bescheid, die in mir stecken oder über die Person, deren Körper ich habe, doch ich weiß nicht, ob es auch Gutes gibt, was die beiden ausmacht. Ich weiß, dass ich viel zu wenig weiß, um eine und wirklich nur eine Person zu sein. Vielleicht kommt es ja irgendwann dazu, vielleicht bekomme ich irgendwann die Chance, die Person besser kennenzulernen, mich besser kennen zu lernen. Vielleicht treffe ich mich eines Tages. Vielleicht bin ich dann noch am Leben, vielleicht bin ich da auch schon tot. Das weiß ich nicht.

Doch ich weiß, dass ich Sehnsucht nach mir habe, vielleicht nach meinem alten Ich, vielleicht sehne ich mich nur nach meinem neuen Ich, das ich noch nie gekannt habe.

Jetzt!

Einen Stein neben mir sehen.

Sollte ich ihn aufheben? Mit ihm meinen Körper aufritzen? Mich noch einmal versuchen zu erlösen?

Sind die Schmerzen es wert, wenn ich es nicht schaffe?

Die Antwort ist: Ja. Ich würde alles in Kauf nehmen, mich umzubringen, und selbst wenn ich es nicht schaffe, sind die unvermeidbaren Schmerzen es wert.

Als würdest du auf einer Seite der Welt stehen, dir geht es schlecht, es gibt nichts Schönes in deinem Leben. In dieser Welt wird dir alles genommen, sobald du einen Freund gefunden hast, sobald du die Sonne in deinem Leben gefunden hast, wird sie dir genommen. Dann geht es dir noch schlechter als zuvor, da du jetzt genau weißt, was dir fehlt, was du vermisst, was dein Leben lebendig und lebenswert machen würde. Zwischen deiner und der wundervollen Welt des Himmels ist ein riesiger

Krater, den du nicht bezwingen kannst. Doch du siehst die gute Welt auf der anderen Seite Tag für Tag. Du siehst Tag für Tag, was dir fehlt, du siehst, an welchem Ort du gerne wärst, in welcher Welt du gerne leben würdest.

Dort schweben Sterne, zum Greifen nah, dort strahlt dir die Sonne mitten ins Gesicht. Sie begleitet dich, egal wohin du gehst. Dort kannst du kein trockenes Land entdecken, kein Land, das Risse bekommt. Alles ist saftig und grün, farbenfröhliche, blühende Blumen. Wiesen voll getränkt mit bunten, fröhlichen Blumen, einem Regenbogen über den kleinen Hügeln. Wenn du auf den Hügel gerannt bist, kannst du dich in ihn hineinlegen.

Regenbogenschaukel. Regenbogenhängematte. Regenbogenrutsche. Du kannst in die Wolken rutschen, dir die Welt von oben ansehen. Dich dort gleiten lassen, bis die Wolke sich auflöst und dich sanft auf einem Zweig in einer Baumkrone absetzt. Von dort kannst du auf den Waldboden springen, der dich sanft abfedert, er ist wie ein Trampolin, das Moos ist weich und du kannst Saltos machen,

Purzelbäume schlagen oder dich dort einfach ausruhen. Du kannst still daliegen, keinen Mucks machen, dich entspannen, ohne Angst vor dem nächsten Moment zu haben. Oder du lässt dich von einem weißen Pferd abholen und wirst dort hingetragen, wo du hin willst. Überall sind Gesichter zu sehen, die dich anlachen. Menschen, mit denen du dich unterhalten kannst. Menschen, die mit dir lachen, dich nicht auslachen. Menschen, die dich nicht verlassen, dich nicht im Stich lassen. Menschen, die immer für dich da sind, egal ob es dir gut oder schlecht geht. Dir steht alles offen. Alles, was du machen willst, bekommst du. Jetzt hast du die Chance, auf die andere Seite zu gelangen. Doch wenn du es nicht schaffst, geht es dir noch schlechter, die Schmerzen werden dann unerträglich sein. Nicht nur in deinem Herzen, sondern auch körperlich.

Würdest du es versuchen? Würdest du versuchen, deinen Traum zu leben?

Der Stein liegt in meiner rechten Hand. Ich spüre die Kälte, die von ihm ausgeht. Ich halte ihn wie eine Waffe, die zum Abschuss bereit ist. Bereit ist, jemanden umzubringen. Bereit ist, mich umzubringen. Ich freue mich auf den Moment. Still und leise.

Werde ich ihn miterleben?

Mich daran erinnern werde ich mich auf jeden Fall nicht. Aber alles wird auf Video aufgenommen sein. Dort wird man sehen, wie ich gegen meinen Körper kämpfe, gegen mich kämpfe, gegen mein Leben kämpfe. Dort wird man sehen, wie ich mich in diesem Moment gefühlt habe, wie schlecht es mir ging, warum ich es getan habe.

Der Stein in meiner Hand besitzt eine spitze Kante, die sich jetzt auf die Innenseite meiner linken Hand zubewegt. Ich spüre, wie die spitze Kante meine Haut berührt, wie sie sich immer tiefer in meine eigene Haut hineinbohrt, sie schiebt die ersten Hautschichten beiseite, bis sie zu den letzten vorgedrungen ist. Ich spüre, wie die Kante des Steins sich hin und her bewegt, um noch tiefer ins Fleisch einzudringen. Meine rechte Hand bewegt den Stein wie ein Messer über das Handgelenk.

Hin und her. Immer hin und her. Immer wieder hin und her.

Meine linke Hand fängt an zu zittern, meine rechte Hand fängt an zu zittern. Meine Beine, mein ganzer Körper, alles an mir zittert, alles an mir bebt. Der erste Blutstropfen, der aus meiner Hand auf den Boden tropft, ist für den Tag nur der Anfang. In Sekundenschnelle ist meine ganze Hand rot. Auf dem Boden bildet sich eine Blutlache. Mit zitternden Bewegungen halte ich meine Hand etwas höher. Jetzt läuft das Blut den Unterarm herunter. Blitzartig ist auch er von rotem Blut getränkt.

Ich sehe, wie ich dem Himmelreich immer näher komme, nur noch ein paar Sekunden von ihm entfernt bin.

Immer noch mit zitternden Händen ziehe ich den Stein aus meiner Wunde, aus meiner Hand. In der klaffenden Wunde ist Dreck, doch das Blut spült ihn heraus. Ein mulmiges Gefühl überkommt mich. Die Bilder vor meinen Augen fangen an, sich hin und her zu bewegen, bis sie sich wild im Kreis drehen. Sie werden immer schneller, bis ich nichts mehr in ihnen erkennen kann. Kein Blut auf zitternden Gliedmaßen. Kein dunkles Zimmer.

Nichts.

Ich kippe um.

Noch im Zurseitefallen wird mir schwarz vor Augen.

Nach einiger Zeit sind leichte, mit dünnem Bleistift gemalte Umrisse zu erkennen. Sie werden schärfer, sie werden genauer und nehmen Farbtöne an. Bunte Farbtöne. Grelle Farbtöne. Jetzt kann ich sehen, wo ich mich befinde. Das Himmelreich. Ich kann es sehen, ich kann es anfassen, ich kann es fühlen. Es sieht perfekt aus. Nichts daran würde ich ändern. Es ist genau wie in meiner Vorstellung.

Ich drehe mich um.

Ich erwarte meine alte Welt. Die Welt, die einen mit Rissen überzogenen Boden hat. Die Welt, die grau ist, die dunkel ist, die Welt, die schwarz ist. In der du dich nicht traust, deine Meinung zu sagen, in der du dich wertlos, nutzlos, allein gelassen fühlst.

Ich sehe meine Welt schon vor dem inneren Auge, bis sie plötzlich durch eine andere ersetzt wird. Sie ist noch schöner, noch bunter, mit Verzierungen auf den Wiesen. Die bunten Blumen auf den saftigen, grünen Wiesen ergeben ein Bild. Die Äste in den Baumkronen sind in alle Richtungen verschnörkelt und verformt. Alles sieht so einladend aus.

Wenn ich in meine Welt rutsche, sehe ich, wie die anderen in ihrer Welt mit Delfinen schwimmen, mit Haien fangen spielen, sie hüpfen durchs Wasser, sie kichern, sie balancieren auf den Rücken der Delfine, schießen förmlich durchs Wasser, dass es nur so spritzt. Sie springen von Rücken zu Rücken, sie rutschen ganze Wasserfälle runter. Oder lassen sich unten vom aufgestäubten Wasser massieren. Es prasselt auf ihre Rücken, du kannst ihr Lachen bis hierher hören. Sie lassen sich von Fischschwärmen kitzeln, bis sie nicht mehr können. Dann werden sie von den Ästen der Bäume aus dem Wasser gezogen, von den Blättern abgetrocknet und auf der nächsten Wolke abgesetzt. Diese sind viel höher als die in meiner Welt und mindestens dreimal so flauschig. Sie sonnen sich stundenlang, bis sie von dort oben wieder ins Wasser springen. Jetzt erkenne ich bunte Schmetterlinge und es scheint, als ob sie mit ihnen sprechen würden.

In meiner Welt war ich bereits überall und ich kann nichts Neues, nichts Spannendes mehr entdecken. Und eines ist mir aufgefallen.

Wo sind all die Menschen, die ich von meiner alten Welt her kannte?

War es nur eine Illusion in meinen Gedanken, dass diese Welt so wunderschön ist?

Ich bin mir so sicher, dass das meine Traumwelt wäre, ich habe mir nichts anderes gewünscht, als hier für immer zu leben.

Umso mehr Zeit ich hier verbringe, desto trauriger werde ich. Ich fühle mich immer einsamer und allein gelassener. Ich habe hier so viel und doch nichts. Umso länger ich hier bin, desto weniger schätze ich es wert, irgend etwas zu haben. Das Loch der Leere wird größer und ein dunkler Schatten breitet sich über mir aus, erst ist er ganz klein, fast durchsichtig, doch je trauriger, je unzufriedener ich werde, je einsamer ich mich fühle, desto größer, gewaltiger und schwärzer wird er. Er fängt an, mich zu umhüllen, mich einzukreisen, mich einzuschließen, mich aufzufressen, mich zu verschlucken. Kein

Lichtstrahl kann mich mehr erreichen, niemand würde mich mehr sehen, mich erkennen, selbst wenn man direkt vor mir stünde.

Ich sehe keine Bäume mehr, die mir fröhlich lächelnd zuwinken. Jetzt tun sie es übertrieben. Überspitzt. Fast gehässig.

Ich bin nicht mehr von Farben umgeben. Keine knalligen, grellen Farben mehr, die mich aggressiv machen, wenn ich ihnen zu lange meine Aufmerksamkeit schenke.

Ich denke mir: Augen aufmachen, nur die Augen öffnen, das kann doch nicht so schwer sein!

Doch ich habe Angst davor, ich habe Angst, den Raum anders vorzufinden, als ich ihn verlassen habe. Ich bin in das Himmelreich gegangen, da ich diese Welt nie mehr sehen wollte, ich wollte nie mehr hierher zurückkehren. Ich finde sie abstoßend, ich hasse jede Sekunde, die ich hier verbringen muss. Ich habe Angst davor, mir unten am Wasser ins Gesicht zu schauen, mir ins Gesicht zu sehen. Ich kann es nicht vermeiden, da ich meine Wunde waschen muss, ich muss sie säubern, ich muss das ganze Blut von meiner Haut abwaschen. Ich habe Angst davor, mich in diesem Zustand zu sehen, so fertig, so müde, so kaputt, und das nicht nur von außen, sondern ich fühle mich auch innerlich so kaputt wie noch nie. Meine Seele ist so leer, so schwach, so zerrissen, dass man Angst haben müsste, sie könnte bei der kleinsten Wunde zerspringen, zerbröckeln, in tausend Stücke zerbrechen.

Wie lange habe ich geschlafen? Wie lange war ich weg? Wie lange war ich nicht bei Bewusstsein? Wie lange war ich in der anderen Welt? War es nur für ein paar Minuten, Stunden oder sogar Tage, die ich nicht da war?

Ich öffne meine Augen, meinen Arm mit der klaffenden Wunde habe ich schützend über den Kopf gelegt. Als ich ihn bewege, zittere ich zwar nicht mehr, doch es tut so weh, dass ich laut aufschreien will, doch ich beiße mir auf die Zähne, bis sie knirschen. Das Blut, das über meinem ganzen Körper verteilt ist, ist mittlerweile getrocknet, nur das Loch in meinem Handgelenk ist noch offen. Es haben sich Blutklumpen gebildet und ich kann mein Fleisch sehen. Die Hautfetzen, die zu allen Seiten herabhängen, die Hautfetzen, die in das Loch hineinragen.

Alles an mir genau betrachten, mich genau betrachten, meine Wunden genau betrachten. Erst äußerlich, dann innerlich. Sehen, wie sich wieder der Sand auf meiner Haut abgesetzt, wie er meine Poren verstopft hat. Riechen, dass ich stinke, riechen, dass ich den Geruch des Raumes angenommen habe. Ihn von mir abschütteln wollen, doch nicht können, da die Wunde zu sehr schmerzt. Mich auf den Weg nach unten machen. Meinen Körper durch den finsteren, engen Gang schleppen. Mich den ganzen Weg lang nur mit einer Hand abstützen. Nach jedem stechenden Schmerz, der von meiner linken Hand ausgeht, Pause machen. Mich hinlegen, kurz ausruhen. Oder länger. Ich weiß es nicht. Ich habe keine Uhr. Ich habe nichts, nur mich und meine Verzweiflung. Wenn ich die nicht hätte, wäre ich längst tot. Ich brauche sie, um nicht in Langeweile zu ertrinken. Selbstzerstörung braucht Zeit.

Die Zeit, lange Zeit

Nachdenken über mich. Nachdenken über meine innere Zerstörung. Meine Veränderung realisieren. Akzeptanz meines neuen Ichs.

Mein Körper, mein Wesen, meine Gestalt, sie zerbröckeln langsam, aber sicher in ihre Bestandteile, ich verliere immer mehr von mir. Wenn ich dasitze, wenn ich darüber nachdenke, wer ich bin, was ich hier mache, wer ich sein möchte. Wenn ich weine, sogar wenn ich lache, alles zerbröckelt in mir. Alles ist so empfindlich in mir. Ich bin so empfindlich. Sobald mich etwas verletzt, sobald ich mich verletze, bricht ein Teil von mir ab, und es braucht eine Ewigkeit, die Stelle wieder zu flicken. Ich suche nach dem Teil von mir, das ich brauche, um Ich zu sein. Ich sehe mich in diesem abgebrochenen Stück, doch auf der Suche verliere ich weitere Teile, weitere Teile von mir. Bis ich nur noch aus Einzelteilen bestehe, bis ich nie wieder zusammengeflickt werden kann, ein anderer Mensch geworden bin. Ich nicht mehr ich bin. Ich mich verändert habe. Ich mich verloren habe. Ich mich nicht mehr selbst erkenne. Ich weiß, ich werde nie mehr so sein wie zuvor, nie mehr so handeln, nie mehr so denken, nie mehr so sprechen, nie mehr so fühlen.

Die abgebrochenen Teile sind zu klein, zu zerbrechlich, um sie aufzuheben, sie spiegeln mich nicht mehr in sich wider. Die Teile passen nicht mehr zusammen, sie sind ein anderer Mensch geworden, eine andere Person wird diesen Teil von mir finden, es wird bei ihr passen, sie wird es nehmen, sie wird ihn in sich tragen, sie wird einen Teil von mir in sich tragen, wenn ich selbst längst nicht mehr am Leben bin.

Wenn ich einen Teil von mir aufheben möchte, würde ich mich an meinen eigenen Scherben schneiden, sie sind schon zu lange kein Teil mehr von mir, ich habe mich zu sehr verändert. Sie haben sich von mir abgewandt, sie wollen nicht mehr zu mir gehören. Sie verstoßen mich, genau wie ich sie abgestoßen habe.

Ich bin zerbrochen, zerbröckelt in tausend Puzzlestücke. Nichts wird mich mehr aufbauen können.

Ich muss lernen, mein neues, sich ständig veränderndes Ich zu akzeptieren.

Ich kann nicht mehr, ich halte das nervlich nicht mehr durch. Der Schwindel überkommt mich, meine Beine werden weicher, bis sie mich sanft zu Boden gleiten lassen und mich dort absetzen. In mir geht alles drunter und drüber. Ich sehe mich immer wieder, wie ich mir den Stein ins Handgelenk, in mein eigenes Fleisch bohre, bis das Blut läuft, meinen ganzen Körper überströmt.

Augen geschlossen halten, abwarten, bis alles vorübergeht. Neben mir am Boden liegen. Nicht wissen, was geschehen wird, nicht wissen, was aus mir wird. Gar nichts wissen.

Lange Zeit nur daliegen, still daliegen, nichts sagen, keinen Ton von sich geben.

Lange Zeit daliegen, sich nicht bewegen, die Schmerzen auf meinem Körper spüren, spüren, wie tausend Tränen über meine Wangen kullern. Spüren, wie die klaffende Wunde brennt, es sich so anfühlt, als ob mein linker Unterarm verätzt wäre.

Lange Zeit nichts mehr wissen, nicht mehr wissen, wo oben und wo unten ist, nicht mehr wissen, wo ich bin, wo ich mich befinde, nicht mehr wissen, wie ich aussehe, was für ein Mensch ich bin.

Lange Zeit an nichts mehr denken, keine Fragen mehr stellen, mich nicht mehr in Frage stellen, mein Leben nicht mehr in Frage stellen. Alles lassen, wie es ist. Alles akzeptieren, wie es ist.

Lange Zeit einfach nur daliegen. Horchen, was um mich herum passiert. Hören, wie das Wasser rauscht und gelassen vor sich hin gluckert. Mich selbst leise und ruhig atmen hören.

Schreie hören. Entfernte Schreie hören. Dumpfe Schreie hören. Tief in meinem Kopf vergrabene Schreie hören. Im Hintergrund meiner Gedanken. Zuhören, wie sie immer mehr in den Vordergrund meiner Gedanken treten. Merken, dass das nicht meine Schreie sind.

Sie sind verzweifelt.

Es sind Hilferufe.

Schreie aus Angst.

Todesschreie.

Schmerzerfüllte Schreie.

Ich öffne meine Augen. Bewusst. Ich bin ganz bei mir. Ich bin eins mit mir, mit meinen Gefühlen, mit meinen Gedanken. Ich bin bereit zu kämpfen. Ich stehe nicht mehr neben mir. Ich weiß jetzt, was ich tue. Ich habe mich wieder unter Kontrolle. Ich weiß jetzt, was richtig und was falsch ist. Ich weiß, dass ich jetzt nicht mehr sterben möchte, ich möchte kämpfen. Ich möchte hier raus. Ich möchte zu ihnen finden, zu meinen Schreien.

Ich weiß jetzt, wofür ich lebe. Ich lebe für mich. Leben, um zu kämpfen.

Ich weiß auch, wofür ich nicht lebe. Ich lebe nicht dafür, dass ich mich selbst zerstöre, mich selbst umbringe, bis mein Körper leblos und kampflos am Boden liegt.

Wenn, dann bringen mich andere um, aber ich bin definitiv nicht dafür zuständig.

So schnell ich auch wieder zu mir gekommen bin, muss ich mich schon wieder verabschieden. Der Schmerz bringt mich zurück in die Wirklichkeit.

Wirklichkeit oder ...?

Es ist aber auch der Schmerz, der die Wirklichkeit wieder entgleiten lässt. Finger tauchen auf, Finger, die krampfhaft versuchen, sie festzuhalten, sie nicht wieder loszulassen. Ich sehe mich als kleines Mädchen, abgemagert bis auf die Knochen, am Boden liegend, ein verweintes Gesicht, schmerzende Glieder. Ein müdes Gesicht, traurig, erschöpft von den letzten Tagen, den Tagen, an denen ihm das Leben nicht mehr wichtig war, an denen es sein eigenes Leben zerstören wollte, Tage, an denen es sich zerstören wollte. Das Mädchen hätte alles dafür gegeben, dass es in diesem Moment allein dagelegen hätte, allein, ohne Leben, das es immer wieder einholte, es verfolgte, es nicht in Ruhe ließ.

Die Verfolgung durch das Leben. Sobald ich versuche, ihm zu entkommen, ihm zu entfliehen. Sobald ich versuche davonzurennen, es nicht weiter in mir zu tragen. Es holt mich wieder und wieder ein. Ich liege erneut am Boden, lasse den

Sand durch die Finger gleiten, rieseln, streichen, lasse meine Tränen auf den Boden tropfen. Ich höre der Stille zu, die mich umgibt.

Ich denke daran, wie mein Körper gegen die Wand rannte, solange, bis ich ihn schlaff am Boden wiedergefunden habe. Ich habe mich immer weiter von mir selbst entfernt, nur um mich wiederzufinden, mich selbst erneut kennenzulernen, damit ich mich dann wieder entfernen konnte. Ich wollte mein Leben los werden, ich wollte meinen Körper ohne Leben wiederfinden, doch es war immer noch da.

Ein Stein hat mir meine Adern aufgeritzt. Und jetzt liege ich hier, diese großen Hände über dem kleinen zerbrechlichen Mädchen. Es ist mir so fremd geworden. Das Mädchen war mal ich, vor nicht allzu langer Zeit. Die Hände halten es mit aller Kraft fest, sie lassen es nicht zurück, sie kratzen mit ihren Fingernägeln am ganzen Körper entlang, doch sie hinterlassen keine sichtbaren Spuren, es sind die inneren Wunden, die so schmerzhaft sind. Im Kopf sind es die schmerzhaften Gedanken, die für den Blitz einer

Sekunde nacheinander auftauchen. Im Herzen sind es die Gefühle, die sie alle auf einmal überwältigen, die sie nicht mehr ruhig daliegen lassen, die sie dazu bringen, wild um sich zu schlagen, den Gefühlen entkommen zu wollen, sich selbst entkommen zu wollen. Hin und her zucken, sich in seinem eigenen Körper immer unwohler fühlen, sich aus diesem Körper befreien wollen. Zum wiederholten Male nicht mehr existieren wollen. Sich selbst für alles hassen, was in den letzten Tagen geschehen ist. Sich selbst dafür hassen, was nicht geschehen ist. Sich wünschen, endlich frei zu sein. Frei von diesem Ort, von diesen Gedanken, von diesen Gefühlen, frei von dieser Person, von diesem Körper. Weg von allem, was hier passiert.

Ruhig werden, seine eigenen Finger auf dem Bauch spüren, spüren, wie sie unter das T-Shirt fahren, wie sie Rippe für Rippe höher kriechen, spüren, wie sie am Herzen angekommen sind, wie sich die eigenen Fingernägel ins eigene Fleisch bohren, wie sie das Leben befreien wollen, wie sie überhaupt nicht bemerken, dass sie den gleichen Fehler zum wiederholten Male machen. Die Haut immer wunder kratzen. Zähne zusammenbeißen und weiterkratzen. Sich selbst dafür hassen, dass sie sich schon wieder umbringen will. Sich selbst dafür hassen, dass es bisher nicht geklappt hat. Es hat noch nie geklappt, tot zu sein, es hat noch nie geklappt zu leben. Sich selbst dafür hassen, dass die Kraft in den Fingern schon wieder nachlässt. Nicht wissen, was stärker ist, der Wille weiterzumachen oder der Wille aufzuhören.

Es ist, als ob zwei Willen in mir steckten, zwei Menschen, zwei unterschiedliche Leben, der eine will das Leben aus mir vertreiben, das Gefühl sagt mir, dass er nicht zu diesem Körper gehört, er nimmt ihn nicht an, aus welchem Grund auch immer. Er möchte nicht in ihm leben, er hat einen Drang sich selbst zu zerstören. Er hat einen Hass auf diesen Körper entwickelt, seitdem ich hier bin, seitdem ich mich selbst nicht mehr wiedererkenne. Er sieht diesen Körper im Wasser widergespiegelt und von Tag zu Tag wird er ihm fremder, von Tag zu Tag wird der Körper verschwommener, ungenauer, weniger sichtbar, als würde er verschwinden, ins Nichts abtauchen und wenn er wieder erscheint, hat er sich verwandelt, innerlich und äußerlich. Er ist nicht mehr zu erkennen.

Das andere Leben in mir, der andere Mensch in mir nimmt mich so an, wie ich bin. Er stellt keine Fragen, er schreibt mir nicht vor, was falsch und was richtig ist. Er sagt nichts, er sieht nur zu und liebt mich. Er sieht mich an mit seinem weichen Gesicht, es ist so lieb, so nett, so offen, so einladend, so tröstend. Ein Lächeln entfaltet sich, erst ist es nur eine vorsichtige Andeutung, dann wird es voller, strahlender. Es hilft mir aus jedem Loch hinaus, es baut mich wieder auf, es lässt mich nie allein, es lässt mich nicht im Stich. Es nimmt mich an mit all meinen Fehlern und Schwächen.

Dieses Gefühl, nicht zu wissen, auf wen ich hören sollte, dieses Gefühl, nicht zu wissen, was mir gut tut, nicht zu wissen, was richtig ist und was falsch. Wie oft bin ich hin und her gerissen.

Was sollte ich tun? Auf wen sollte ich hören? Wem sollte ich Glauben schenken? Wem sollte ich vertrauen?

Das ist mein Alltag. Das ist mein Leben.

Die Fingernägel der Hand kratzen weiter an mir

entlang, meine Knochen fühlen sich zunehmend schwächer an. Sobald Nägel an mir entlangkratzen, spannen sich an der Stelle meine Muskeln erst an, dann lassen sie nach und beginnen zu zittern. Die Hand wollte die Wirklichkeit festhalten, sie wollte mir helfen, sie hat mich in einen Zwischenzustand des Schmerzes, des Denkens und der Gefühle gebracht.

Jetzt liege ich da, geplättet von den schmerzhaften Erinnerungen und Gefühlen. Ich hatte sie mein ganzes Leben über ausgeblendet, doch immer mit der Qual gelebt, nie richtig abgeschlossen zu haben. Ich wollte nicht abschließen, ich wollte tief im Inneren auch nie verdrängen, ich wollte schon immer nichts. Und ich weiß, dass ich nie eine andere Wahl hatte, außer meinen Träumen zu folgen. Es tut gut, dazuliegen und an nichts Schlimmes mehr denken zu müssen. Ich bin geschwächt. Aber ich war seit Langem nicht mehr so glücklich. Ich war seit Langem nicht mehr so eins mit mir selbst.

Hoffnung und Glaube

Hoffnung ist das Einzige, was mich über die Wochen hinweg am Leben erhalten hat. Es sind die Gedanken, die alles zerstören, nur um es später wieder aufbauen zu können.

Ich glaube daran, dass es ein Jahr in meinem Leben geben wird, in dem nur die Sonne scheint, ein Jahr voller Glück, voller Freude, voller Sehnsucht nach Schlechtem, damit ich das Gute wieder schätzen lerne. Ich glaube daran, dass es noch andere Menschen gibt, dass ich sie kennenlernen werde, dass ich mit ihnen reden kann, mit ihnen lachen kann. Ich glaube daran, dass die kahlen Wände eines Tages ausgetauscht werden, vielleicht gegen eine grüne, satte Wiese, vielleicht gegen einen blauen, wolkenfreien Himmel, vielleicht gegen das Meer oder einen See oder einen Fluss, dessen Wasser sich durch hohe Felsen und Steine hindurch schlängelt, und hin und wieder spitzt ein Blatt zwischen den Felsklippen hervor, vielleicht aber auch ausgetauscht gegen die Sonne, die mich anstrahlt, die mich anlacht, die mich warmhält, oder einen dicht bewachsenen Wald mit von Moos bedeckten Steinen.

Ich glaube an die Zukunft, an meine Zukunft, an meine Vergangenheit, daran, dass ich irgendwann selbst entscheiden kann, was für mich gut ist, daran, dass ich irgendwann nicht mehr so abhängig von meinen Gefühlen bin, dass ich selbst steuern kann, was ich als nächstes tue, dass ich mich selbst besser kenne, dass ich mich selbst besser verstehe. Ich glaube auch daran, dass ich mir irgendwann nicht mehr so fremd vorkomme, dass ich mich hoffentlich irgendwann einmal selbst lieben kann.

Das sind viele und große Dinge. Und ich weiß auch, dass ich kein Kind mehr bin, das an Dinge glaubt, die nie erfüllt werden können, doch ich hoffe so sehr, dass mir nichts anderes mehr übrigbleibt. Ich glaube auch daran, dass ich irgendwann ehrlich zu mir sein kann. Dass ich mich ansehen und zu mir sagen kann, du hast keinen Hunger, du hast alles, was du brauchst. Ich sehe vor mir einen glücklichen Menschen. Einen

Menschen, um den herum andere Menschen sind, die ihn lieben. Die mich sehen und in mir die sehen, die ich gern sein würde.

Ist es wirklich so schwer, morgens aufzustehen, mich zu sehen und mich einfach nur nett zu finden?

War früher wirklich alles einfacher oder kommt mir das nur so vor?

Vermisse ich deshalb die Vergangenheit, weil ich denke, dass früher alles besser war?

Aber was ich mich wirklich frage: *Konnte ich früher einfach so lachen, einfach so aus dem Nichts, weil ich jemanden vor mir sah und derjenige mich zum Lachen brachte?*

Ich meine mit Lachen ein richtiges, ausgelassenes Lachen, eines, bei dem du nicht mehr aufhören kannst. Nicht nur ein Grinsen, das einem hier und da über die Lippen huscht.

Ich möchte gern wissen, was sich alles geändert hat, sind es nur die Gedanken oder die Gefühle oder mein Verhalten?

Was hat sich alles an mir verändert?

Ich glaube an mich, an meine Art und Weise Dinge zu verstehen, mit Dingen umzugehen. Ich glaube auch daran, dass ich mich wieder ändern werde, dass ich irgendwann wieder erkennen werde, wer ich bin, und meine Veränderungen schließlich akzeptieren kann.

Verantwortung und eigene Entscheidungen

Als ich eines Morgens – oder war es bereits Tag – aufwachte, hörte ich eine Stimme. Zuerst dachte ich: Die Stimme kommt von der anderen Seite. Sie ruft mich.

Ein paar Tage waren vergangen und ich hatte nicht aufhören können, den Schreien zuzuhören, die von nebenan kamen. Von Tag zu Tag wollte ich näher zu ihnen vordringen. Ich wollte dem Menschen, der dahintersteckte, helfen. Ich wollte nicht mehr nur dasitzen und zuhören. Ich wollte nicht zuhören müssen, ich konnte nicht länger zuhören müssen, wie die Stimme immer weniger werden würde, bis sie sich in ein leises Wimmern, Winseln oder Schluchzen verwandelt hätte, und der Mensch, dessen Stimme ich hörte, sterben würde. Ich wollte das alles nicht miterleben. Die Stimme hielt mich wach, sie hielt mich am Leben. Sie ließ mich wieder ganz bei mir sein.

Also tauchte ich in das Wasser ein und ließ mich

zum kleinen Wasserfall treiben. Immer sicher eine Hand am Fels. Dort angekommen zog ich mich etwas nach oben, um in das Loch, aus dem das Wasser kam, hinauf zu klettern und den Schreien entgegenzurobben. Ich wusste, dass ich auf dem richtigen Weg war, denn die Schreie wurden lauter und waren genauer zu erkennen.

"Lasst mich alle in Ruhe!"

Bei den Worten, die ich durch das Geschrei hören konnte, zuckte ich kurz zusammen, hielt inne und krabbelte dann entschlossen auf allen Vieren weiter.

Es kam eine Abzweigung. Der eine Weg führte geradeaus weiter, der andere bog nach rechts ab. Ich bewegte mich etwas nach rechts und konnte die Stimme, die eindeutig zu einem Jungen oder einem jungen Mann gehörte, noch deutlicher erkennen. Es wirkte, als würde sie sich nicht mehr hinter Wänden verstecken. Ich hörte sie nun nicht mehr in dumpfen Lauten. Sie drang klar und deutlich an mein Ohr:

"Ich will hier raus!"

Ich folgte dem rechten Gang. Es ging noch ein

weites Stück durch die Dunkelheit. Ich hatte mich zwar inzwischen an sie gewöhnt, wusste aber nicht, was mich am Ende des Tunnels erwartete. Ich wusste nicht, wer mich erwartete.

Meine Aufregung war groß, endlich würde ich einen anderen Menschen sehen. Von Bewegung zu Bewegung, von Schritt zu Schritt nahm sie zu und ballte sich in meiner Brust zusammen. Ich konnte den Moment kaum erwarten, ich hätte am liebsten laut geschrien, um alles aus meiner Seele, aus meinem Herzen herauszulassen. Doch ich hatte auch Angst. Ich hatte Angst davor, dass er mich nicht akzeptieren würde, dass seine Freude, mich zu sehen, nicht so groß sein würde wie meine, dass ..., dass ..., keine Ahnung was. Schließlich wusste ich nicht, was passieren würde.

Aufregung und Angst ergaben eine explosive Mischung in mir.

Auf dem Weg malte ich mir gefühlt hundert verschiedene Versionen von diesem Moment des Aufeinandertreffens aus. Werden wir uns dankbar in die Arme fallen, obwohl wir uns nicht kennen, uns noch nie gesehen haben? Oder wirst du mich ignorieren, bis ich wieder umkehre? Werde ich vielleicht nur dasitzen, Angst vor dir haben und dann wieder, ohne dass du mich bemerkt hast, leise verschwinden?

Ich würde jetzt am liebsten schreien, so wie du. Ich möchte alle Gefühle aus mir herausbrüllen. So wie ich es schon oft getan habe. Ich habe schon viel zu oft meine Gefühle und meine stummen Schreie in mir verschlossen. Von Zeit zu Zeit müssen sie heraus, das weiß ich.

Ich konzentriere mich nur noch auf mein Atmen. Ich konzentriere mich auf mich selbst, auf meine Schritte, mein langsames Kriechen durch die Dunkelheit.

Der Moment

Ich krabble ganz bewusst auf diesen Moment zu. Ich bin da, ich bin angekommen.

Mein Herz erstarrt, meine Glieder werden steif, meine Muskeln verkrampfen sich, meine Gesichtsmuskeln verzerren sich, sie wissen nicht mehr, welche Mimik sie machen sollen. Sie sind verwirrt. Ich bin verwirrt. Sie schwanken zwischen Angst und Aufregung, zwischen Sorge und Verwirrtheit, zwischen Neugier und Hoffnung, zwischen Wut und dem Instinkt fortzulaufen.

Er ist so mager, sein Rücken zeigt mir selbst durch sein T-Shirt, dass er schon lange nichts mehr zu sich genommen hat und wenn, dann viel zu wenig. Er steht da, gekrümmt wie ein Krüppel. Seine Beine haben kaum noch Muskeln. Er steht da, ich sehe nicht nur jeden Atemzug, den er macht, ich kann auch hören, wie er einatmet. Er scheint krank zu sein. Seine Stimme ist krächzend und schwach, doch voller Bestimmtheit. Ich spüre, wie er gegen den Tod ankämpft, während ich die ganze Zeit über sterben wollte, ich hatte kaum etwas anderes im Kopf.

Ich fühle mich schlecht. Er hat es verdient zu leben. Ich nicht.

All meine Gefühle haben sich zu einem gebündelt. Der tiefen Trauer, die ich schon lange in mir trage. Ein bitteres Weinen, ein leises, kaum hörbares, tief aus dem Herzen kommendes Schluchzen entweicht meinen Lippen. Meine Unterlippe fängt zu beben an. Ich bin viel zu überrascht von meinen Gefühlen, die jetzt, in diesem Moment aus mir herausbrechen. Ich beuge mich automatisch über den Boden. Tränen tropfen leise und still zu Boden. Speichel hat sich in meinem Mund angesammelt und auch er landet auf dem sandigen Boden.

Ich kann nicht anders und werde lauter. Ich schreie:

"Es tut mir leid, es tut mir so leid, es tut mir leid, dass ich nicht früher hergekommen bin, es tut mir leid, dass ich das Leben nicht so sehr geschätzt habe wie du, es tut mir leid, dass ich so sehr auf meinen Tod hoffte. Es tut mir alles schrecklich leid. Es tut mir leid, dass alles so ungerecht ist, dass das Leben ungerecht ist, dass ich so eigensinnig war, dass ich nicht daran dachte, dass es noch andere geben könnte, denen es schlecht geht, vielleicht sogar schlechter als mir, es tut mir leid, dass ich so dumm war. Es tut mir leid, dass ich einen solchen Hass auf mich selbst hatte."

Ich sehe vorsichtig und sehr langsam nach oben. Alles wird still. Auch er dreht sich um. Ich erschrecke erneut. Es ist, als würde ich mich betrachten, als wäre er ich, nur als Junge. In seinen Augen sehe ich Angst, ich sehe seine Verwirrtheit, doch nur für einen Augenblick. Dann erkenne ich wilde Entschlossenheit.

Er grinst. Er legt seinen Kopf etwas schräg. Er betrachtet mich genau, von jeder Seite, aus jeder Perspektive. Er lässt mich nicht aus den Augen.

Ich weiß nicht, was er vorhat, mit mir vorhat, was er von mir hält, was er über mich denkt.

Ich weiß es nicht, bis er einen gewaltigen Satz auf mich zu macht. Er stürzt sich auf mich. Ich schreit, ich versuche mich zu befreien. Ich sehe für einen Moment lang in seine Augen, in seine leeren, müden Augen, in sein leeres, mageres Gesicht. In seinen Augen spiegeln sich die Tränen ungeheurer Trauer, doch ich spüre einen Funken Entschlossenheit, der in ihm heranwächst, ...

Da bekomme ich einen Arm frei. Ich schlage ihn, ich kratze ihn.

Plötzlich dreht er sich etwas und im nächsten Augenblick spüre ich seine scharfen Zähne in meinem Bein.

Er ist entschlossen, mich bei lebendigem Leib zu essen.

Es fängt bereits zu bluten an.

Tränen schießen mir in die Augen, ich kann nichts dagegen tun, sie sind plötzlich da, sie fließen ungehindert meine Wangen hinunter. Es sind nicht nur Tränen der Trauer, es sind Tränen der Angst, der Verzweiflung, der Enttäuschung, endlich einen Menschen zu entdecken, der mich jedoch nicht kennenlernen will. Tränen der Erschöpfung.

Ich habe ihm blind vertraut, nur weil er ein Mensch war, nicht wegen seines Charakters oder seines Aussehens, nicht, weil mir seine Haare gefielen oder er witzig war. Ich schenkte ihm mein Vertrauen, weil er so wie ich auch ein Mensch war, ein Mensch, der in derselben Lage steckte. Ich hatte die Hoffnung, er würde genauso denken, genauso fühlen wie ich. Ich hatte nicht einmal daran gedacht, dass es möglich sein konnte, dass er mir nicht wohlgesonnen wäre.

Ich schlage unbeholfen auf ihn ein. Auf seine Knochen, die nur von einer dünnen Schicht Haut bedeckt sind. Ein paar einsame Muskeln dazwischen, kaum sichtbar.

Tränen, die die Sicht verschwommen machen.

Dann beginne ich zu reden. Einfach so. Ich habe keine Kraft mehr zu schlagen. Ich lasse ihn weiter an meinem Bein nagen.

Ich spreche über mich mit einem Kinn, das die Worte erzittern lässt, über mein Leben, über meinen Tod, über meine Träume, die satten grünen Wiesen, die Sonne, den Himmel. Ich rede über das Wasser, das Ertrinken, über alles und selbst, als er aufhört, ein weiteres Stück blutigen Fleisches aus meinem Bein zu reißen, kann ich nicht aufhören. Es ist komisch. Doch ich weiß jetzt, was mir all die letzten Wochen, die letzten Monate gefehlt hat. Ich schluchze und beginne erneut den

Fehler zu begehen, ihm zu vertrauen. Ich weiß nicht, ob es ein Fehler ist. Aber ich fühle mich ohnehin schon so schlecht, wieso sollte ich dann die Chance wegwerfen, jemandem von meinem toten Leben zu erzählen? Anfangs blicke ich ihn nicht an. Ich habe Angst, er würde mich auslachen, auslachen wie das Monster, das dies sonst tagtäglich bei mir macht. Doch ich weiß, wenn es ein Mensch machen würde, würde es viel schlimmer sein, ich würde wahrscheinlich schreiend und weinend davonrennen. Ich würde es womöglich endlich schaffen mich umzubringen.

Nicht dass ich gerade in dem Moment nicht geweint oder geschrien hätte! Ich habe all die Leere, all die letzten Tage, Wochen, Monate noch einmal durchlebt, bei den schrecklichen Dingen weinte ich genauso wie bei den guten Dingen. Es war eine andere Art der Traurigkeit, doch es geschah beide Male aus tiefstem Schmerz. Und ich schrie. Ich schimpfte darüber, dass alles so ungerecht war, und dass ich mich deshalb am liebsten umbringen wollte, dass die Welt davor bestimmt toll gewesen ist, falls sie überhaupt existierte.

Zu Beginn meiner Rede blickte er weg, doch als ich zu ihm sah und seinen knochigen Körper anstarrte, blickte auch er mich irgendwann an. Wir starrten uns gegenseitig an. Unsere beiden Körper, unsere beiden Gestalten. Als ich fertig war, sahen wir uns tief in die Augen. Jetzt hatte er leere, unschuldige Augen, sie waren von einem Netz aus Traurigkeit durchwoben und wurden gefüllt mit unwiderruflicher Schuld.

Ich fragte mich, wie sein Leben wohl zuvor ausgesehen hatte, welche Farben es besessen, womit er sich die Zeit vertrieben hatte.

Ich fragte mich, was er beim Blick in meine Augen dachte, was er von mir hielt. Über mein Leben, meine Gefühle und Gedanken wusste er ja jetzt Bescheid.

Hatte er seine Meinung mir gegenüber geändert?

Das neue Gefühl

Das neue Gefühl, das neue Gefühl, das im Inneren meines Körpers entstand.

Wir saßen nebeneinander, er hielt mich in seinen Armen, ich hatte mich leergeweint, ich hatte meine Geschichte zu Ende erzählt. Wir saßen nur noch da.

Mein Bauch kribbelte, mein gesamter Körper kribbelte. Ich wollte wegrennen, ich wollte bei ihm bleiben. Ich wollte wieder anfangen zu schreien. Oder doch lieber ganz ruhig sitzen bleiben.

Ist das nicht bei jedem Menschen so, den man neu kennenlernt? Beschleunigt sich nicht immer der Herzschlag, sobald man einen Menschen sieht oder mit ihm zusammenkommt?

Ich atmete mehrere Male tief ein und aus. Es tat gut, nur dazusitzen, sich keine Sorgen um die nächsten Stunden, die nächsten Tage zu machen. Ich fühlte mich zu Hause, angekommen, sicher. Ich fühlte mich sicher in seinen Armen. Ich wollte nie wieder weg von diesem Ort, von diesem Platz, von dieser Situation, von diesem Menschen.

Ich hing in Gedanken noch meinen Worten und der Erkundung meiner Gefühle nach, als ich ihn in mein Ohr flüstern hörte:

"Es tut mir leid, das mit deinem Bein, meine ich."

Die Stille umhüllte uns wieder, bis er sie erneut durchbrach:

"Ich hatte mich nicht mehr unter Kontrolle. Ich habe schon so lange nichts mehr gegessen, ich war nicht mehr bei mir, ich weiß nicht, wie lange ich schon hier bin, wie lange ich hier schon mit dir sitze, ich stehe neben mir. Ich wollte das nicht ... früher ... früher, mit meinem alten Ich, ich ... ich glaube, da hätte ich so etwas niemals getan. Ich glaube, ich hätte so etwas auch nie von mir gedacht. Ich hasse mich dafür, ich verabscheue mich dafür. Ich habe nichts mehr unter Kontrolle."

Dann brach auch er in Tränen aus. Ich wusste, dass er das nicht wollte, er wollte in diesem Moment nicht weinen und er hatte mich auch nicht beißen wollen.

"Ich würde das alles hier so gern rückgängig machen, ich würde mich töten, um dir das Leben zu retten!" schrie er mich an.

Es klang wie ein Vorwurf, doch es war keiner. Das war wohl seine Art, Entschuldigung zu sagen, wenn ein einfaches "Entschuldigung" nicht mehr ausreichte.

"Ich glaube, dass ich früher wirklich nett sein konnte", bemerkte er nachdenklich. Dann fügte er leise hinzu: "Ich wäre gern wieder so wie früher. Ich sehne mich so sehr nach meinem alten Ich."

Ich dachte über seine Worte nach und erinnerte mich an meine Zeit damals, ich hatte auch einmal so eine Zeit durchlebt, also begann ich zu erzählen:

"Ich wollte früher auch zu meinem alten Ich zurück, ich wollte wieder so munter und fröhlich sein, ich wollte wieder lachen, wieder reden können, egal mit wem, ich wollte mir selbst nicht mehr so fremd sein. Ich hätte alles dafür getan, ich habe versucht, mich umzubringen, ich habe versucht, mich selbst nicht mehr zu sehen, ich habe versucht so zu lachen wie damals, doch das Lachen endete nicht bei der Ankunft meines alten Ichs, es landete bei einem Mädchen, das weinend in einer Ecke eines kleinen, dunklen Zimmers saß und kalte, einsame Tränen vergoss. So vieles ging mir verloren. Ich hatte mich selbst verloren und auf der Suche nach mir verlor ich noch mehr. Ich realisierte, dass ich mich nie mehr vollständig wiederfinden würde. Immer würden Teile fehlen. Ich realisierte, dass ich nie mehr so sein würde, wie ich früher war. Dieses Zimmer hat mich verändert. Jetzt bin ich auf der Suche nach meinem neuen Ich."

Nach einer kurzen Pause, in der ich die Stille wieder zu uns einlud, sie zwischen uns Platz nehmen ließ, nach dieser Pause nahm ich die Worte wieder auf.

"Ich denke an diese Zeit mit einem weinenden und einem fröhlichen Auge, voller Hoffnung und Zuversicht, mit Freude auf die Zukunft und auf Überraschungen. Früher wollte ich zu meinem alten Ich zurück, obwohl in mir keine Hoffnung war. Verstehst du das? Ich hatte mir ein zu hohes Ziel gesetzt. Ich wollte etwas Unmögliches erreichen. Ich war in meinen Vorstellungen zu perfekt, ich hatte keine Fehler in mir gesehen und dieses Ziel, eine perfekte Version meines alten Ichs zu erreichen, war schlichtweg unmöglich. Ich war früher bestimmt auch nicht perfekt, doch ich habe mich in dem Moment so gesehen."

Ich blickte ihn an, doch sein Blick ging weit weg in die Ferne. Mir kam es vor, als hätte er mir überhaupt nicht zugehört. Doch dann antwortete er mir doch:

"Heißt das, dass ich aufhören soll mich zu suchen, weil ich dann an mir selbst kaputt gehen würde?"

"Nein natürlich nicht, das ist nur eine Option, du kannst sie wählen oder nicht, das liegt bei dir. Ich weiß nicht, ob ich sie gewählt hätte, wenn mich damals jemand darauf aufmerksam gemacht hätte. Doch hier muss jeder selbst durch. Hier muss jeder für sich selbst entscheiden."

Geht es ihm gut?

Er sagte nichts mehr. Er hatte sich schon längst wieder an meine Schulter gelehnt.

Und ich konnte mich endlich umsehen. Der Raum, in dem wir saßen, war ziemlich klein, viel kleiner als der Raum mit dem See, in den ich mich sonst zurückziehe. Doch dieser Raum hatte keine hohe Decke, er ähnelte auch keiner Kapelle, dieser Raum hatte etwas von einem Mauseloch, nur für Menschen, er war wie ein kleines Schlupfloch.

Ich nahm seinen Oberkörper und legte ihn behutsam auf den Boden, damit ich aufstehen konnte. Ich robbte etwas nach rechts und nach links, es gab keine Türen, kein Fenster, keinen Lautsprecher. Nur eine Luke und eine Kamera.

Warum gab es in meinem Zimmer einen Lautsprecher und bei ihm nicht? Warum habe ich ein Zimmer mit einem Fenster, und er hat nur ein Loch bekommen?

Doch von den Körnern, die er wie ich bekommen hatte, und auch vom Wasser schien nichts mehr übrig zu sein.

Ich setzte mich vor ihn, da es in diesem Raum nicht viel zu sehen gab, noch weniger als bei mir. Ich dachte darüber nach, dass meine Gefühle seit unserer Begegnung bei allem viel stärker geworden waren. Ich sah mir diesen Raum an und mein Mitgefühl wuchs immer mehr, ich konnte mir bildlich vorstellen, wie er in einer Ecke saß, zwischendrin alles nach etwas Essbarem absuchte, konnte mir gut vorstellen, wie er dahockte und verzweifelt versuchte, nicht loszuheulen, bis er es nicht mehr aushielt und dann doch still vor sich hinwimmerte, hin und wieder nach Essen winselte.

Ich sah ihn mir genauer an, er hatte dunkle Haare, und, wäre er nicht so mager gewesen, dann hätte er bestimmt gut ausgesehen. Er lag am Boden.

Still. Schwach. Hilflos.

Sein Brustkorb hob und senkte sich nicht mehr.

Sein Brustkorb hebt und senkt sich nicht mehr!

Ich beugte mich über ihn, ich rüttelte an ihm, ich schlug ihm ins Gesicht. Es tat sich nichts!

Ich packte ihn an seinen dürren Armen. Ich hatte

Angst, etwas Falsches zu tun, doch ich konnte jetzt nicht weiter darüber nachdenken, ich musste etwas unternehmen. So zog ich ihn durch den engen Gang zurück in meinen Raum. Dort kannte ich mich aus, dort hatte ich etwas Wasser, das er trinken konnte, wenn er wieder wach war. Vielleicht war ja gar nichts Schlimmes mit ihm, vielleicht hatte ich unnötig Panik bekommen. Den Weg zurück stolperte ich Meter um Meter voran. Zu meinem Glück fiel der Weg etwas nach unten ab, sodass ich ihn leichter ziehen konnte.

Ich stolperte rückwärts den Gang hinunter, musste mehrmals nachgreifen, da er mir sonst entglitten wäre. Und wenn ich hinfiel, landete sein Kopf in meinem Schoß und jedesmal versuchte ich dann, ihn vorsichtig abzufangen.

Am Wasser angekommen legte ich ihn an seinem Rand ab. Ich selbst ging ins Wasser und spritzte ihn mit dem kalten Nass voll, bis er ganz durchnässt war. Nach einiger Zeit setzte ich mich wieder neben ihn. Ein paar warme Tränen kullerten auf sein Gesicht.

Ich konnte nicht nur dasitzen, ich musste

irgendetwas tun. Also ließ ich mein verletztes Bein im Wasser baumeln, damit die Wunde sauber würde. Und ihm schrubbte ich mit meinen bloßen Händen die Haut ab, bis sie teilweise ganz wund war. Ich machte ihn wieder schön und wusch ihn. Ich übergoss ihn immer und immer wieder mit dem frischen Wasser.

Irgendwann gelangten ein paar Wassertropfen in seinen Mund. Er fing an zu husten, erst leicht, dann stärker. Ich klopfte ihm auf die Brust, bis er aufhörte.

Da setzte er sich auf und sah mich an. Sein Blick war konzentriert und ausfmerksam. Ich blickte zurück. Er suchte etwas in mir, er suchte Wut in mir. Ich spürte, wie seine Augen genauer hinsahen. Doch er fand nichts. Wie auch, ich war nicht wütend auf ihn. Ich wusste, dass er seine Gründe für den Gewaltausbruch hatte, ich wusste, dass er es nie wieder machen würde, ich wusste, dass es ihm leid tat, dass er sich dafür schämte. Also reichte ich ihm einige meiner Körner. Ich zermalmte sie zwischen zwei Steinen und fügte etwas Wasser hinzu, sodass es einen klebrigen

Brei ergab. Er sah die Schüssel an, dann wieder mich. Wir hatten noch kein Wort miteinander gewechselt, seitdem er wieder zu sich gekommen war. Ganz langsam bewegten sich seine Arme zitternd auf die Schüssel zu. Er aß sie still auf. Ich sah ihm dabei zu.

Ich freute mich schon auf die vielen Stunden, die wir redend in der Ecke verbringen würden. Wir würden einander aufmerksam zuhören, bis wir beide wieder lachen könnten. Er hatte schließlich mein Angebot angenommen. Er wollte bestimmt mit mir befreundet sein. Mein Herz machte mehrere Sprünge nacheinander.

Mit gesenktem Kopf gab er mir die leere Schüssel zurück. Seitdem ich ihm die Schüssel gereicht hatte, hatte er mich nicht mehr angesehen.

Wieso nicht? Gibt es irgendein Problem, von dem ich nichts wusste?

Seine Augen kletterten vorsichtig an meinem Körper entlang nach oben, bis sie bei meinen Augen angekommen waren, dort blieben sie hängen. Es waren traurige, müde Augen. Augen, die niemanden verletzten wollten, die niemandem weh tun wollten.

Doch das taten sie gleich im nächsten Moment, als der Junge die ersten Worte nach seinem Aufwachen an mich richtete:

"Ich kann das nicht, ich kann nicht mit dir befreundet sein, ich kann das nicht machen. Ich kann dir nicht in die Augen sehen, ohne Schuldgefühle zu haben, ich kann dich nicht ansehen, ohne daran denken zu müssen."

"Doch du kannst. Ich bin dir nicht böse."

Das waren meine verzweifelten Worte. Ich konnte es in diesem Moment noch nicht richtig fassen. Ich wollte nicht, dass er so etwas zu mir sagte. Ich hatte mir das anders vorgestellt, ich wusste nicht wie, aber es war schöner, viel schöner. Unser Gespräch war ernst und ehrlich, doch am Ende meiner Fantasie planschten wir im Wasser und wuschen uns oder zählten die Dinge auf, die wir gerne zusammen erleben würden, Dinge, die wir gerne haben würden. Doch meine Fantasie entsprach nicht der Wirklichkeit.

"Es tut mir so leid, das alles hier tut mir so leid. Mir tut auch leid, dass ich etwas von deinen Körnern gegessen und von deinem Wasser getrunken habe, ich weiß, dass du es doch selbst brauchst.

Ich bitte dich, bitte komm nie wieder zu mir, bitte besuche mich nie mehr, ich möchte mich nicht an dich erinnern müssen, du bist viel zu nett für mich, ich habe es versucht, ich habe versucht, dir in die Augen zu sehen und dich einfach nur nett zu finden, aber es geht nicht, ich kann nicht aufhören an den Biss zu denken. Und bitte, selbst wenn du Schreie von mir hören solltest, selbst dann möchte ich in Ruhe gelassen werden.

Ich möchte lieber sterben müssen, als nochmal daran erinnert zu werden."

Er drehte sich um und ging. Doch bevor er um die Ecke bog und für immer verschwand, drehte er sich noch einmal zu mir um. Er weinte. Tränen liefen über seine Wangen. Dann senkte er seinen Kopf und verschwand.

Seine Schritte waren zögernd, schleppend, als ob er sich nicht verabschieden wollte. Doch das änderte nichts, er hatte sich von mir verabschiedet, für immer.

Ich bewegte mich langsam durchs Wasser, ließ

meine Finger hindurch gleiten, ließ meine leisen Tränen die Wangen hinuntergleiten, sie im Wasser verschwinden, ich würde sie nie wieder sehen. Ich würde ihn nie wieder sehen. Ich wusste, wo er war, ich konnte ihn hören, doch ich würde ihn nie wieder sehen, ich würde nie wieder mit ihm sprechen. Ich konnte nichts dagegen tun. Ich spürte, wie alles in mir zerbrach, wie ich in mich zusammen brach, so einen Schmerz hatte ich noch nie zuvor gespürt, es war unbeschreiblich, ich konnte zum ersten Mal in meinem Leben mein Gefühl nicht definieren. Es war da, der Schmerz war da, doch ich hatte keine Ahnung, wie ich ihn wieder loswerden konnte, ich wusste nicht einmal mehr, welcher Teil meines Körpers am meisten betroffen war. Ich fühlte mich so unwohl, wie noch nie, weinend zappelte ich im Wasser hin und her.

Was möchte ich? Was ist mir wichtig?

Noch vor wenigen Minuten wusste ich alles, kannte meine Ziele, ich kannte mich selbst, dieser Junge hatte mir gezeigt, wer ich war. Ich war glücklich, ich fühlte mich wohl bei ihm.

Wie kann man innerhalb von so kurzer Zeit so tief

fallen? Wie kann man sich selbst erst so wohl fühlen und kurz darauf sich selbst mehr hassen als alles andere?

Zurück zum Anfang

Völlig entkräftet ziehe ich meinen Körper aus dem Wasser. Am Boden strecke ich meine Zunge heraus. Mit einer Sandschicht bedeckt ziehe ich sie wieder in den Mund zurück. Die Sandkörner verteilen sich. Ich erinnere mich zurück, zurück an damals, an meinen ersten Versuch mich umzubringen. Damals hatte ich Hunger, mein Wissen war beschränkt, ich fühlte mich allein und eingeengt. Ich hätte damals erwartet, dass ich danach sterben würde. Ich hätte nie in Erwägung gezogen, dass ich immer noch am Leben sein könnte, dass ich immer noch versuchen würde, mich aus lauter Trotz und Unzufriedenheit zu erlösen. Doch die Gründe haben sich von damals bis heute etwas geändert.

Im Moment möchte ich nicht mehr am Leben sein, da ich so viele Schmerzen habe, dass ich keinen Ausweg finde, keine andere Lösung, als mir weitere Schmerzen zuzufügen. Doch der Unterschied ist, bei diesen jetzigen Schmerzen weiß ich, woher sie kommen, warum sie da sind, meine anderen Schmerzen konnte ich nicht erklären, ich kann sie nicht einmal beschreiben.

Ich drehe mich im Kreis, mein Leben dreht sich ständig im Kreis, immer wieder stelle ich Vermutungen auf, wie es mir angeblich besser gehen würde. Jetzt denke ich, dass man Schmerzen nur mit Schmerzen bekämpfen kann, da ich die Hoffnung habe, sie dann zu vergessen, sie nicht mehr zu spüren.

Ich bin so traurig, so unzufrieden, dass ich nicht mehr weiß, wohin mit mir.

Also liege ich da. Meine Tränen nässen den Boden ein, bis ich sie wieder auflecke. Ich habe mich jetzt vor Augen. Ich bin ganz bei mir. Nur ich, keine andere Gestalt. Ich sehe, wie ich damals war.

Fertig. Verwirrt. Neben mir stehend. Keine Kontrolle über den eigenen Körper.

Ich sehe mich heute.

Bestimmt. Kalt. Sicher. Ganz bei mir.

Ich möchte das, ich möchte das wirklich.

Ich liege da, zitternd, kalt, allein gelassen,

weinend. Mein Körper verkrampft sich, als der Sand in meinem Magen ankommt. Erst bringe ich keinen Ton heraus, obwohl ich es krampfhaft versuche. Ich kann meinen Kopf nicht mehr halten, ich habe keine Kraft mehr, ich kann nicht mehr klar denken, doch ich mache weiter. Mein Wille ist stark wie noch nie. Ich möchte mich nie wieder sehen, ich möchte mich nie wieder in diesem Zustand sehen, ich möchte den Jungen nie wieder sehen. Seine Augen, sein Gesicht, seine Haare, sein Körper. Wir brauchen uns gegenseitig. Ohne ihn kann ich hier nicht weiter existieren. Ich kann nicht mehr allein leben. Ich möchte ihn nie wieder sehen, diesen Blick von ihm, diese Traurigkeit in seinen Augen, als er sich noch einmal zu mir umgedreht hat. Sein Blick machte mich stärker, er versicherte mir, dass das, was ich will, richtig ist.

Ich kann nicht mehr. Immer wieder wird mir das Gefühl vermittelt, dass das richtig ist, was ich hier tue, immer wieder sagen mir mein Körper, meine Gefühle: Du bist angekommen. Doch kurz darauf wird wieder alles zerstört und ich falle in ein noch tieferes Loch.

Mein Mund füllt sich wieder mit Sand.

Krämpfe durchzucken meinen Körper, wieder. Ich wälze mich am Boden herum, versuche dem Schmerz zu entkommen. Die ersten Schreie entfahren mir. Schreie, die immer lauter und elender werden. Ich werde schwächer und langsamer. Bis ich nicht mehr kann und leise vor mich hin winselnd in der Ecke liege. Ich liege da und zähle die Sekunden in meinem Kopf.

1, 2, 3, ...

20, 21, 22, ...

Ich weiß nicht, wie lange ich schon zähle, doch ich zähle mich in den Schlaf, in einen endlosen Schlaf. Als mir meine Augen zufallen, realisiere ich, dass bald alles vorbei sein wird. Ich kann nichts mehr dagegen tun. Ich will nichts mehr dagegen tun.

Kostbare Stille

Stille.

Kostbare Stille.

Dunkle Stille.

Neue Stille.

Noch nie dagewesene Stille.

Keine Gedanken.

Keine Gefühle.

Flaches Atmen, das von Atemzug zu Atemzug zunehmend schwächer wird.

Keine Ideen für eine neue Welt, wenn es sie überhaupt geben würde, eine Welt aus meinen Träumen.

Selige Ruhe.

Von laut zu leise.

Stilles Verschwinden.

Ohne Flashback.

Ohne Tunnel.

Ohne Licht.

Einfach nur verschwinden.

Verschwinden ins Nichts.

In die Dunkelheit.

Zum ersten Mal wirklich eins mit mir selbst.

Zum ersten Mal richtig zufrieden sein.

Glücklich sein.

Still sein.

In den Gedanken, Gefühlen, Erlebnissen der Stille versinken.

Sie gibt mir etwas, was mir nichts, noch niemand auf der Welt sonst gegeben hat.

Sie als Freund ansehen.

Sich mit ihr verstehen.

Mit ihr sein.

Endlos, bis in die Nacht.

Endlos, bis in die Dunkelheit.

Keine Angst mehr haben.

Die Stille ist da.

Sie ist da und beschützt mich.

Sie beschützt das Nichts in mir.

Einfach nur daliegen.

Ihr zuhören.

Sie verstehen.

Auf einen Schrei folgt meistens ein zweiter

Ein heftiges Klopfen, ein Stampfen, ein lauter Schrei. Ein Hecheln ganz dicht an meinem Ohr. Ein warmes Rufen.

Oder warmer Atem und lautes Rufen?

Kurzes Zusammenzucken meines Körpers. Wieder still daliegen.

Wer durchbricht meine Stille? Was durchbricht die Stille?

Ich bin kurz davor, frei zu sein. Ich klammere mich fest, an meiner kostbaren Stille, an meinem Freund, an meinem Beschützer.

Zusammenkrampfen meines Körpers, Tränen fließen über meine Wangen. Sie kitzeln mich in der Stille. Doch ich lache nicht, nicht einmal ein sanftes Lächeln huscht über mein Gesicht. Ich zeige keine Emotionen. Ich kann nicht, gar nichts mehr zeigen.

Eine Hand auf meiner Wange, ein leichtes Anstupsen an meiner Schulter. Ich spüre alles, einen verzweifelten Schlag, jede Berührung, jeden

Windstoß. Ich reagiere darauf, doch ich kann es nicht zeigen, es ist, als wäre ich versteinert. Ich kann nichts sagen, nicht einmal mehr schreien, ich kann mich nicht richtig bewegen, nicht einmal die Mikromimik in meinem Gesicht kann reagieren.

Nur bei starken Schmerzen zucke ich kurz, es ist eine befreiende Bewegung, doch sie ist keine Befreiung, eher ein Beweis dafür, wieder in ewige Starre zu verfallen. Es tut mir gut, die Befreiung für eine Sekunde und die Starre danach.

Ins schwarze Licht drängt sich ein Schimmer, ein kleiner Lichtstrahl, wie der einer Kerze. Konturen werden sichtbar, wie ein Schatten in der Dunkelheit erscheint das Gesicht des Jungen. Der Ausdruck auf seinem Gesicht, der mich beinahe umgebracht hätte, ist nicht mehr zu sehen, jetzt hat er denselben, wie er ihr beim Schlafen gehabt hat. So selig. So ruhig. So traurig.

Eine weitere Träne findet aus meinem Auge, aus der Stille hinaus in die Wirklichkeit.

Er ist auch ein Freund der Stille.

"Du bist auch ein Freund der Stille."

Flüstere ich kaum hörbar.

"Ich weiß, wer du bist, ich habe dein altes Ich bereits kennengelernt ..."

Ich kann nicht mehr und verfalle erneut in die Starre und Stille seiner Arme. Sie nimmt mich auf, sie beschützt mich, sie lässt mich nicht mehr los, wärmt mich, fängt meine Tränen auf, damit niemand die Stille durchbrechen kann und sie mich bei ihr lassen. Ich zittere, doch sie hüllt mich ein. Ich verkrampfe mich, doch sie hält mich fest und streichelt meine Stirn wieder glatt und faltenfrei. Ich verzweifle, ich will schreien, doch sie flüstert leise, kaum hörbar in mein Ohr. Als ich nur verschwommen sehe, verschafft sie mir wieder Klarheit.

Ich weiß, was mich erwartet, wer mich erwartet, wenn ich meine Augen öffnen würde, doch ich will die Stille nicht verlassen, ich habe keine Lust, mich noch einmal anzustrengen. Ich weiß, dass der Junge auf mich wartet, doch ich weiß nicht, wie ich mit seiner Anwesenheit umgehen, und selbst, wenn ich es wüsste, ist mir nicht klar, wie ich reagieren soll.

Soll ich ihn anstarren oder ihm in die Arme fallen?

Ich spüre jetzt seine Arme, seine Körperwärme, sie dringen durch die Stille zu mir durch. Die Stille kommt mir im Gegensatz zu ihm plötzlich kalt und unecht vor. Er hält meinen Kopf, bis mir die Augen zufallen und ich einschlafe.

Was für ein schöner Gedanke. Wie gern würde ich jeden Abend so einschlafen.

Ein Schlag gegen meine Wange.

Unterbrechung meiner Gedanken.

Aufreißen meiner Augen, ein Schockmoment des Schweigens, des Realisierens, des stockenden Atems.

Dann ein Schrei:

"Was hast du hier zu suchen!?"

Im ersten Moment, frage ich mich, von wem der Schrei ausging, bis ich realisiere, dass es mein Schrei war.

Sein Gesichtsausdruck sieht weich aus, liebevoll, er hatte nicht damit gerechnet, dass ich ihn anschreien würde. Doch ich habe es getan. Ich habe ihn angeschrien, und jetzt hat er das Gefühl, sich rechtfertigen zu müssen:

Als ich merke, was ich da gesagt habe, schreit er auch schon zurück.

"Ich muss nicht hier sein, aber ich wollte nicht, dass du dich kurz nach unserer Begegnung umbringst. Ich habe dich gehört, ich habe deine Schreie gehört. Ich wollte nicht, solange ich noch lebe, daran denken müssen, ich wollte nicht Schuld daran sein. Ich will, dass es dir gut geht. Ich wollte nicht so sein. Ich würde auch jetzt gern wieder gehen, gleichzeitig will ich auch hier sein."

Ich kann nicht mehr. Kann ihn nicht mehr ansehen. Immer wenn ich nicht ganz da bin oder er schläft, dann verhalten wir uns wie normale Menschen, doch sobald wir wieder wach sind, wieder bei uns sind, wissen wir nicht mehr, was wir zueinander sagen. Oder sagen sollten. Es tut mir alles so leid. Seitdem wir uns getroffen haben, seitdem tut es mir leid. Wieso musste ich überhaupt zu ihm?

Ich musste aus demselben Grund zu ihm und seinen Schreien folgen wie er jetzt meinen.

Ich sehe ihn an. Er sieht mich an. Niemand sagt mehr etwas. Es ist bereits alles gesagt. Ich weiß genau, was er denkt, was er fühlt. Meine Augen füllen sich erneut mit Tränen. Auch er weint. Er legt sich neben mich. Dann hält er mich in seinen Armen und wir schlafen beide vor Erschöpfung ein.

Tränen der Freude

Mich fallen lassen, über Wolken gleiten, in die Stille lächeln. In den Armen des Jungen neben mir liegen. Für immer so daliegen, alles hinter mir lassen, die Versuche mich umzubringen, meine längst vergessene Vergangenheit. Mein Herz klopfen lassen. Hören, dass ich lebe, spüren, dass ich da bin, dass ich nie wieder gehen will. Keine Tränen der Trauer mehr weinen. Tränen der Zufriedenheit, des Daseins, des Lebens, des Jetzts und Glücklichseins. Wärme spüren. Den Moment genießen. Für immer hier liegen bleiben. Nichts sagen, sich nicht erklären müssen. Einfach verstanden werden. Jemand anderen spüren, nicht mehr allein sein. Die warme Haut des anderen an meiner. Das Leben spüren, das in dem Jungen steckt, seinen Atem auf meiner Kopfhaut spüren, seine Energie spüren, sie auf mich übertragen, unsere Energien austauschen.

Keine verkrampften Muskeln mehr, keine Monster mehr, die mich auslachen. Einfach nur daliegen und sich fallen lassen.

Die Stille mit uns lassen.

Sie umarmt unsere Umarmung.

Sie hält uns zusammen.

Ich lächle sie an.

Ich flüstere ein leises *"Danke"* in die Stille an die Stille.

Sodass nur sie es hören kann.

Sie betrachtet uns.

Dann drückt sie uns noch fester an sich.

Für einen kurzen, schönen Moment durchbrach er die Stille:

"Du bist Lila."

"Was?"

"Wenn du glücklich bist, bist du ein helles, wunderschönes Lila, doch wenn du sauer bist, nimmt das Lila einen dunkleren Farbton an."

Er sah mich an und lächelte vorsichtig und zufrieden.

Dann ließen wir der Stille wieder ihren Platz einnehmen.

Sie stupste uns an.

Sie war wie eine Mutter, die immer wieder kommt. Die immer wieder da ist und dich beschützt. Sie ist wie eine Mutter, die sich um dich sorgt oder einfach nur da ist.

Ohne etwas zu sagen,

einfach nur da ist.

Sie zeigt dir, was richtig ist, was gut für dich ist.

Sie hilft dir, deinen Weg zu finden.

Wie ein Freund, eine Freundin, die nie verschwindet.

Ich unterbrach unsere Mutter und antwortete ihm.

"Ich liebe das Wasser, ich liebe den Himmel, ich liebe alle blauen Farbtöne, dass helle und das dunkle."

Ich legte eine kurze Pause ein. Bis ich ihn anlächelte und flüsterte:

"Du bist blau."

"Die Farbe Blau ist immer da, sie ist da, wenn ich aus dem Fenster schaue, sie ist da, wenn ich mir das Wasser ansehe, sie ist da, wenn ich im Wasser schwimme, sie umgibt mich jederzeit. Sie war schon vor diesem Keller da, sie ist das Einzige, was mir geblieben ist, und sie wird mir immer bleiben. Und jetzt ist sie auch da, wenn ich dich ansehe. Ich möchte, dass du mich nie wieder verlässt."

Er lächelte zurück und drückte mich noch fester an sich.

Wir ließen die Stille wieder zu.

Einfach so,

weil wir sie lieben,

weil wir unsere Mutter sehen wollen.

Weil wir uns bei ihr wohl fühlen.

Geborgenheit.

Zufriedenheit.

Tränen vermischen sich mit meinem Lächeln, das sich immer tiefer in meinem Gesicht breit macht.

Ich weiß jetzt, dass ich hier für immer bleiben

möchte.

In seine Arme gekuschelt.

Tief in die Stille versunken.

Mit seligem Lächeln auf den Lippen einschlafen.

Inspirationen auf dem Weg zum Buch

Es ist ein gewaltiges Gebäude. Doch nicht nur seine Größe wirkt auf mich einschüchternd, sondern auch seine Geschichte, die Geschichte eines riesigen Komplexes, der sich vor grausamen, unmenschlichen Taten nicht scheute. Die Rede ist vom Konzentrationslager Auschwitz.

Vor dem Tor zu stehen war beängstigend. Im einen Moment hatte ich das Gefühl, das Geschehen von damals zu beobachten, und im nächsten stellte ich mir vor, selbst dabei zu sein. Unter diesen vielen Menschen zu stehen, die unfreiwillig an diesen Ort kamen, vor nicht allzu langer Zeit.

Ich war selbst noch ein Kind, ging zur Schule, spielte mit Freunden. Den gewaltigen Umfang des Geländes zu erfassen, mir die Qualen der Vergangenheit vorzustellen, fiel mir schwer, doch damals verstanden die Kinder vermutlich auch nicht, was um sie herum alles geschah. Sie wurden dorthin transportiert und mussten mitansehen, wie Menschen auf der Fahrt starben, vielleicht sogar ihre nächsten Verwandten. Sie wussten doch auch nicht, was da mit ihnen gemacht wurde.

Das Vernichtungslager Birkenau ist riesig und doch fühlst du dich klein und eingeengt. Ich wusste, dass ich nach ein paar Stunden wieder raus konnte. Trotzdem fühlte ich mich wie in einem Gefängnis. Das Gefühl, eingesperrt zu sein, ist bedrückend, als würden alle Zäune, Stacheldrähte und Betonpfeiler auf dir lasten, und du schleppst das alles auf dem gesamten Weg durch das Konzentrationslager mit dir mit.

In einer der vielen Baracken waren Kinder untergebracht. Kinder spielen, sie malen, reden und lachen. Alles, ohne viel nachzudenken. Kinder sagen die Wahrheit. Diese unverblühmte Wahrheit ist in den Stockbetten aus Holz zu erkennen: Sie ritzten kleine Zeichnungen und vereinzelte Worte in das Holz. Es waren Hilfeschreie der Verzweiflung, des Verlangens danach, normal zur Schule gehen zu dürfen oder mit Freunden draußen zu spielen. Sie wollten ganz normale Kinder sein!

Nicht nur das Gefühl, welches die Zeichnungen zum Ausdruck brachten, inspirierte mich, auch ein kurzer, eindrucksvoller Moment, in dem mir meine Mutter von Josef Mengele, dem so genannten „Todesengel von Auschwitz“, erzählte.

Die Fahrt zurück in mein Zuhause war wie eine Reise durch die Zeit, aus der Vergangenheit in das Jetzt. In meinen Gedanken ging der Krieg zu Ende. All die Menschen begannen aufzuwachen, realisierten nach und nach, was passiert war. Ich erlebte das, als hätte sich der Himmel langsam aufgeklärt und sich all die Nebelschwaden des Krieges verzogen, die die Sicht auf die Wirklichkeit versperrt hatten, auf die Realität, was sie getan und was sie eigentlich hatten tun wollen, auf die Werte, die ihnen einst wichtig gewesen waren.

Kriegsverbrecher, die wie Josef Mengele ihr Amt missbrauchten, wurden verhaftet. Ich skizzierte mir, wie er zu lebenslanger Haft verurteilt und dann aufgrund guter Führung früher entlassen wurde. Wie er sich noch im Gefängnis dem katholischen

Glauben zuwandte, regelmäßig den Gottesdienst besuchte und sich taufen ließ. Wieder frei gekommen, half er in einer kleinen Kirche in einem Dorf mit. Doch besuchten dort immer weniger Leute den Gottesdienst. Kirche wie Dorf drohten auszusterben. Der zuständige Priester bekam schließlich den Auftrag, eine Gemeinde in der Stadt zu betreuen. So wurde die Kirche sich selbst und dem Zerfall überlassen, niemand interessierte sich mehr für sie. Damit kam es, dass Mengele dort immer mehr Aufgaben zugesprochen bekam und schließlich sogar Gottesdienste abhalten konnte. Denn für ihn hatte die Kirche eine besondere Bedeutung. Nicht nur in den Räumlichkeiten über der Erde, sondern auch in ihren unterirdischen Gängen und Kanälen kannte er sich immer besser aus. Bereits im zweiten Weltkrieg hatten diese existiert und schon damals hatte er gewusst, was die alte, halb verfallene Kirche verborgen hielt. Die Gänge wurden zu seinem Reich, in dem er ungestört seine Obsession, Experimente an Menschen durchzuführen, auf grausame Art und Weise ausleben konnte.

Als die Geschichte in meinem Kopf entstand, stellte ich mir immer einen typischen Bösewicht vor, dem man schon auf den ersten Blick ansah, dass er kein guter Mensch war. Der größte Teil meiner Geschichte war bereits geschrieben, da bekamen wir von der damaligen Geschichtslehrerin die Aufgabe, nach Josef Mengele zu googeln. Auf diese Weise sah ich zum ersten Mal sein Gesicht, und das Erschreckendste daran war, dass er auf manchen Bildern ein freundliches Lächeln zeigte. Er sah aus wie jeder andere! Er könnte dein netter Nachbar sein, dein Arzt, dein ehemaliger Mitschüler, dein Pfarrer oder dein Banknachbar in der Kirche. Er sitzt direkt neben dir, aber du nimmst ihn kaum war, weil er aussieht wie jeder andere. Er war wie wir. Er war vor dem Krieg unter uns und ist es auch danach, als wäre nie etwas passiert.

Danksagung

Vielen Dank zu allererst an meine Oma, die mir so viele Stunden am Telefon zugehört hat. Ich las ihr jedes Kapitel vor und sie unterstützte mich in allem. Ich weiß nicht, ob ich die Kraft gehabt hätte, ohne sie über einen so langen Zeitraum zu schreiben.

Durch die ganzen Erlebnisse und Gespräche mit meinen Freunden und meiner Familie habe ich immer wieder Energie schöpfen können und neue Erfahrungen gemacht, die mir wiederum neue Ideen schenkten. Das ist das größte Geschenk, das ich jemals bekommen habe. All diese Erlebnisse mit euch kann mir niemand mehr nehmen.

Auch vielen Dank an meine Eltern, die sich die Mühe gemacht haben, mein Manuskript zu überarbeiten. Zudem auch vielen Dank an meine Privatlektoren Thomas und Wilfried für die viele Zeit, die ihr mir geschenkt habt. Insbesondere du, Wilfried, hast mit deinen präzisen Korrekturen einen riesigen Teil dazu beigetragen, dass der

Text insgesamt in seiner Qualität gehoben wurde. Mit deinen Vorschlägen wusste ich genau, woran ich noch arbeiten sollte.

Auch für das Cover bekam ich Hilfe: Hannah, wir kennen uns bereits seit der ersten Klasse, und ich wüsste nicht, was ich ohne dich machen sollte! Ich kann dir alles anvertrauen und bin so glücklich, dich in meinem Leben zu haben.

Zu meiner Person

Ich heiße Johanna Marie Gimpel, wurde 2002 geboren und lebe mit meiner jüngeren Schwester und meinen Eltern in Fürth. Ich liebe es nicht nur, meine Gefühle über das Schreiben auszudrücken, sondern auch beim Theaterspielen. Zudem lese ich gern und interessiere mich für Filme, ihre Machart und Geschichten. Im Alter von vierzehn Jahren fing ich an, meine ganz eigene Geschichte in mir entstehen zu lassen und sie dann aufzuschreiben. Jeder Ton, den ich hörte, und jedes Gefühl, das ich hatte, halfen mir, die Geschichte rund um die Hauptpersonen besser zu verstehen und zu beschreiben.

Nach dem Abitur in Sozialwesen kann ich mir ein Studium im Bereich Pädagogik vorstellen und werde auf jeden Fall weiter lesen, schreiben und Theater spielen.

Falls ihr Fragen zu meiner Geschichte habt oder mir einfach eure Meinung mitteilen wollt, könnt ihr mir gern auf Instagram schreiben. Unter dem Namen: jojo_gmpl.